Si este no es mi hogar,
no tengo un hogar

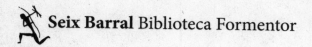
Seix Barral Biblioteca Formentor

Lorrie Moore
Si este no es mi hogar, no tengo un hogar

Traducción del inglés por
Albert Fuentes

Obra editada en colaboración con Editorial Planeta – España

Título original: *I Am Homeless If This Is Not My Home*

© Lorrie Moore, 2023
Traducción al español publicada de acuerdo con Melanie Jackson Agency, LLC

© por la traducción, Albert Fuentes, 2024
Composición: Realización Planeta

© 2024, Editorial Planeta, S. A. – Barcelona, España

Derechos reservados

© 2024, Editorial Planeta Mexicana, S.A. de C.V.
Bajo el sello editorial SEIX BARRAL M.R.
Avenida Presidente Masarik núm. 111,
Piso 2, Polanco V Sección, Miguel Hidalgo
C.P. 11560, Ciudad de México
www.planetadelibros.com.mx

Primera edición impresa en España: abril de 2024
ISBN: 978-84-322-4342-4

Primera edición en formato epub: mayo de 2024
ISBN: 978-607-39-1351-5

Primera edición impresa en México: mayo de 2024
ISBN: 978-607-39-1350-8

Impreso en los talleres de Impregráfica Digital, S.A. de C.V.
Av. Coyoacán 100-D, Valle Norte, Benito Juárez
Ciudad De Mexico, C.P. 03103
Impreso en México - *Printed in Mexico*

Para mi hermana y mis hermanos

The buckwheat cake was in her mouth...

STEPHEN FOSTER,
Oh! Susanna

El magnetismo animal de un cadáver hace que la tensión actúe oblicuamente, de forma que las juntas y las uniones de un ataúd deben hacerse en bisel.

WILLIAM FAULKNER,
Mientras agonizo

Vivimos en una época de grandes artistas de la mamada. Cada era tiene su expresión artística. El siglo diecinueve, por ejemplo, fue fenomenal para la novela.

SHEILA HETI,
¿Cómo debería ser una persona?

Queridísima hermana:

La luna ha surcado el cielo y ni siquiera sé qué son las Pléyades, pero me da igual, porque por fin puedo sentarme sola en la oscuridad junto a la lámpara, fiel a mí misma, después de brindar por la jornada en el momento perfecto, y hablar contigo. Qué paz tener la casa tranquila. Afuera, creo que se oye berrear al ciervo. En las trampas, las alimañas de ojos pasmados ya se han cansado de gemir, y los chotacabras silban sus melodías montaraces. Puedo dejar de fingir por un momento que me ocupo de mis cuentas en el *cartonnier* del escritorio. El huésped que muestra interés en redimirme de mi soltería ha subido a su cuarto, pasando el bastón por los balaustres de la escalera, solo para crear un poco de tensión. Ahora, arriba, oigo crujir los tablones del suelo cuando va y vuelve de la jofaina. Le tengo cierto cariño, aunque no es un cariño aprovechable para el matrimonio. No imagino qué puede ofrecerme en ese aspecto, pese a que me tiene impresionada con la cantidad de fragmentos de Shakespeare y Byron que se sabe de memoria y sus imitaciones siniestramente atinadas de los demás huéspedes: Priscilla, la cuáquera rolliza, trágicamente enloquecida de amor; Miriam, con su laringitis y su vestido de luto de viuda confederada (en el pueblo se han agotado las existencias de esa seda negra que adelgaza y hay que echar mano de una tela azul oscuro no muy adecuada porque es del color de los uniformes de la Unión), o Mick, un indio chickasaw, con sus largos años de soltería a cuestas, que lleva un ala entera de halcón prendida a su impenitente sombrero de vaquero.

Gallardo como un pinzón, el apuesto huésped también sabe recitar los desconcertantes poemas de Felicia Hemans, uno de los cuales tiene por protagonista a una virtuosa mujer que es raptada de su hogar por unos piratas. Madre del amor hermoso, sujétame. Tiene el bigote negro y espeso como las púas de una escoba y las palabras le salen volando por debajo como si las declamara un actor en un teatro en llamas. Guarda en el armario un curioso baúl lleno de disfraces: calzas de algodón, calzas de lana, un asombroso surtido de calzas, algunas pelucas que peina y se pone para alegría de propios y extraños, e incluso un relleno para disfrazarse de jorobado. Es perturbador verlo representar el papel y luego ver cómo deja caer el relleno al suelo. No me imagino cómo puede ser capaz de librar un vibrante duelo a espada llevando una de esas pelucas. Si no me río, lo guarda todo en el baúl. Dice que tiene miedo escénico en todas partes salvo cuando sale al escenario. Dice que me ayudará a construir unas tablas junto a la casa si tengo a bien meterme en el perverso mundo del espectáculo e infundir gran solaz en los corazones de los hombres sencillos.

—No le quepa duda de que lo pensaré —le digo yo, y sigo con mis tareas.

—Pero, señorita Libby, llamándose Elizabeth, debería familiarizarse con el mundo isabelino.

—Cómo iba a saberlo.

—Tendré mucho gusto en desconocerla. —Es un atrevido.

Pero también pasa por estrecheces y no me da la gana cargar con ellas, aunque la verdad es que siempre se presenta impecable: apuesto como lo son los conejos y los zorros, con su pelaje plateado de distintos colores; unas patillas de boca de hacha, con pomada, que, según dice, sirven para esconder la cicatriz de una dentellada que le dio su caballo de la infancia, Cola. Es cautivador ver cómo las patillas se le llenan de nieve en enero, aunque es cojo; hay quien diría que su cojera es *imperceptible*, pero eso lleva la mentira incorporada, así que no lo digo porque no se me da bien mentir. Un pie de corcho gentileza de un secesionista, según me dijo. Puso el pie de carne y hueso en una vitrina y lo donó a un Museo Médico del Ejército de la Causa Perdida, me dijo. A veces pasa a decirle hola.

Bueno, todo el mundo se puso muy guapo para esa causa, eso es lo que no le respondo, capas burdeos y plumas de avestruz, como si fueran actores de teatro, cuando deberían haber sabido que las causas tienen motivos que se pierden solos. El porrazo no tarda en llegar, como han declarado otras personas, y las aventuras juveniles no conocen piedad. Estos viejos secesionistas pasmados son como esos talladores que agarran un palito de madera y lo esculpen con un cuchillo, pero solo consiguen sacar polvo de hada. Me parece que las ideas de la gente son como el perfume que llevan —se evaporan enseguida y luego hay que volver a perfumarse—, con un no pequeño olor a orina asidrada. Una buena sureña que colabora con los yanquis debe aferrarse al código nocturno de su diario. Y ¿sabes qué? También le he tomado gusto a la talla y le estoy haciendo a tu Eliza una muñeca con un trozo de madera de pícea. Su cuerpo es como una estrella y utilizaré una vieja manta india para coserle un vestido y tendrá exactamente el mismo aspecto que esa tía senil y tocaya suya que se la hizo.

De vez en cuando detecto cierta astucia en ese huésped en particular y en sus muestras de fanfarronería, que no son precisamente galantes. Pero es capaz de hacer sonar un silbato con el ojo, lo cual no es poca cosa. Canta *Antes era feliz pero ahora ya no.* Y se pone a hacer esa cosa de silbar con el ojo.

¡Ja! Me dijo que en su casa todos eran actores,

que una familia de actores no solo era la mejor estrategia para el futuro de las artes dramáticas en este país, sino que, además, algún día, ¡sería su mejor tema!, a lo que yo fruncí el ceño. Luego dijo que en realidad no, que algunos de sus parientes eran de hecho políticos que se comportaban como actores, y que a uno lo enviaron a un barco prisión, aunque un hermano suyo, Ned, se codeaba ahora con la alta sociedad. Procuré quitarle el cepo a mi mente y liberar el ceño fruncido que se me notaba en la cara para fingir sorpresa. Luego me explicó la verdad: había pasado años en el circo, después de haberse dedicado al contrabando de quinina para los secesionistas. ¡Ja, otra vez!

—¿La desconcierto? —me pregunta con su pícaro atractivo.

—No —contesto yo—. La desilusión nunca me agarrará desprevenida.

—Pues quizá sea una pena —dice. Y se le queda una cara de gallo desplumado.

—Es un decir.

—Lo entiendo —me dice él.

Asegura que poseo una belleza interior.

—Ojalá me saliera de dentro —repliqué—. Es bueno que las cosas afloren a la superficie. —Entre los papeles que tiene arriba en su cuarto, he visto cartas de admiradoras suyas, de las que ha raspado las firmas con una cuchilla. Una muy caballerosa mutilación, supongo, para proteger la intimidad de las interesadas.

En fin, Lucifer mismo era todo un caballero: es de suponer que necesitaba buenos modales para moverse por el mundo.

A mi huésped le gusta rimar *de nuevo* y *trueno*. No le encuentro ningún sentido. Aun así, su compañía me alegra más de lo que me conviene. Por eso tiene pensión completa a precio de amigo, y tiene mi mejor habitación, la cama de metal con la colcha de lágrimas de Job, la tina forrada de madera, y la ventana con solo un postigo de papel; el resto son ambrotipos de jóvenes mutilados que encontré tirados en la calle, delante de la casa de un cirujano de guerra que se había retirado. Encajan perfectamente entre los parteluces de la ventana. Cuando la luz dadora de vida brilla a través de esos cristales, en rosa y gris, se te parte el corazón.

La caridad, como solía decir nuestra madre, es más virtuosa que el amor, y en algunas lenguas lo mismo. El deseo, por supuesto, en mi caso lo ha espantado el Señor. Aunque a veces pienso que lo veo, andrajoso, entre los adoquines cubiertos de musgo, como un niño que ataja por los jardines de los vecinos porque llega tarde a la escuela. Ves algo que pasa volando entre los gomeros y las pacanas que han revivido después del frío sofocante del invierno. Ah, sí, le digo a esa cosa que pasa volando, a la pelusilla de un diente de león o a la nube de un algodoncillo: yo me acuerdo de ti, más o menos.

Ahora, mientras te escribo, una lluvia furiosa ha empezado a caer sobre el tejado. Los búhos del jardín la pasarán mal, pues necesitan alas secas para volar. Cielo, le he enviado a tu Harry una carta de felicitación por su cumpleaños y un billete de dólar confederado en cuyo anverso aparece la guapura de Lucy Pickens. He oído que la señora Pickens estaba loca como un perro rabioso y era presumida como un gato remilgado, pero en estas tierras aceptamos todo tipo de moneda y de mentalidad. Si no encuentra ningún banco ahí arriba que le acepte el billete, tendrá que guardarlo en un álbum. Nunca se sabe qué puede convertirse en una pieza de coleccionista; quiero que labren esas palabras en mi lápida. También: «Deja descansar aquí a tu caballo y tu calesa», eso para las visitas, porque no habrá caballeriza junto a mi tumba. También: «¡Para el carro!», si a lo mejor no estoy tan preparada como espero. También le he mandado a Harry unas monedas rebeldes para que le hagan unos gemelos a martillazos.

Aunque son preferibles los billetes de la Unión, a mis huéspedes les sigo cobrando en cualquier cosa que me acepten en la caja de ahorros, incluso la nueva moneda canadiense que ha empezado a circular, aunque preferiría un cinturón indio o una piel de castor, y no tengo inconveniente en aceptar joyas, porque a los exsoldados de la Unión, y a cualquiera que se las dé de lo mismo, les están escatimando la paga. Acepto lingotes de plata o botones de *strass* o conchas grandes si son bonitas y se puede oír el mar. Con todo se puede comerciar en algún sitio, porque nosotros vivimos olvidados en algún rincón del principio del final del principio. En realidad, no sé qué quiero decir con «nosotros». Pero sí parece que a este sitio se le concedió un momento en la historia y luego, cuando tuvo que aferrarse a él, le entró el miedo y se volvió impulsivo. Una embestida inútil. Incluso pecaminosa. Una buena sureña, si está con la Unión, se ciñe a su diario. Ya te lo he dicho.

De vez en cuando, el río se desborda como si quisiera decirnos que tenemos que sacrificarnos una vez más antes de volver a empezar. Por suerte, mi casa está en una colina, muy por encima de la Carretera Hundida del Sur, un sitio mejor desde el que fingir que puedo verte. ¿Y por qué digo que es fingir? Porque a veces sé que eso es lo que hago. Estoy aquí contigo, siempre a tu lado. El medio de transporte, todavía por concretar. Cuando las nubes se arremolinan y jaspean el cielo de la noche como si fueran grasa de carne, los antimacasares en la cuerda de tender, que no he recogido, se levantan con el viento y son mi firmamento con grecas y todas mis estrellas. Miro a través de ellos y luego levanto la vista a los árboles, que labran el horizonte como un serrucho. Echa un vistazo a través de los antimacasares, hermana mía.

En la ollería alguien se puso a hablar de una vecina que se ha convertido en una ermitaña vieja y amargada y me dio por decir que ese era el destino que me esperaba, pero nadie tuvo el detalle de dar un paso al frente y decirme lo equivocada que estaba. Se limitaron a darme la razón con miradas entusiastas. Mucho me temo que me habrán visto murmurar sola por la calle. Una vez, me vendé una quemadura en el brazo y luego, mientras caminaba por el pueblo, empecé a atizarme el vendaje, pensando que era una polilla enorme que se me había enrollado al cuerpo. Tendría que vestirme con un guardapolvo y una de esas pamelas que tan de moda se han puesto. Debería aprender a cultivar plantas ornamentales con guano. Cuando tengo mis citas con el pastor, el té de los sábados que celebramos en la salita de delante, me da la impresión de que es la única alma en este mundo que se empeña en infundirme algo de alegría. «¿A qué viene tanta amargura?», me pregunta el pastor. Y yo le contesto, grosera, porque no aparto la vista de la colcha que estoy cosiendo en bloques de nueve retales: «No sé usted, señor, pero a mí no me gusta perderme por andurriales, aunque sí hay algo que *siento* en carne propia: no entiendo la vida, lo que debemos esperar de ella. Me quedo muda, perpleja, petrificada. Sin embargo, otras veces me doy cuenta, pese a todo, de lo afortunada que soy. ¡Es desconcertante! ¿Quién puede saberlo?». Y el pastor mira de soslayo el suelo y se ríe entre dientes como si una vez más hubiera logrado la hazaña inútil de ser más lista que un hombre de

Dios jugando a las cartas. Pero soy yo quien se queda con las manos vacías. Soy el *muerto*, una palabra que he aprendido de ese huésped tan galante que me ha enseñado un juego de cartas de la India, Canadá o Australia. Ha estado en todas partes. Soy el compañero del declarante, dice Jack, el huésped, guiñándome el ojo, porque básicamente también se sabe el juego —yo prefiero el *whist* o el faro—, y a mí me toca decir «¿Y ahora qué hago yo?». Que es una frase que vale para todo. Pero también hace que me pregunte por las otras visitas que tiene el pastor. Deben de ser aburridísimas, copadas de gente enferma y detestable, porque de lo contrario no se quedaría tanto rato conmigo y con mi parálisis espiritual. Por la tarde, el pastor remueve el té y finge que lee las hojas. «Dios tiene planes para usted.»

«Fregar los platos», replico yo, porque ya estoy harta de los planes de Dios. Una vez, el apuesto huésped pasó a mi lado vestido con una capa de terciopelo, caminando ligero, porque salía a dar uno de sus paseos, y se tocó el sombrero de ala ancha para saludarnos, mientras el pastor estaba allí conmigo, en la salita de invitados, pero casi ni nos miramos. Otro día, el huésped, con un gabán azul como la sangre de cangrejo, salió volando y yo le dije al pastor: «Es un fantoche».

Y otras veces, si el huésped nos mira con cara de disgusto, le digo al pastor: «Es católico». Pero cuando no tengo nada que decir en absoluto, los tres, benevolentes y sin necesidad de palabras, parecemos entenderlo todo y por un instante hay gracia en la vida. A diferencia de esos momentos en los que el huésped camina tranquilo, me encuentra a solas en la salita y hace girar el bastón en el aire mirándome y luego me dispara con él como si fuera una escopeta.

Creen que no sé quiénes son. Pero como dueña de esta casa, a veces tengo una idea bastante precisa de cómo funcionan las cosas.

¡Cómo te echo de menos! El otro día me acordé de cuando metíamos la mano en la bolsa de los cerillos y chupábamos los usados, sacándoles todo el jugo, con ese antojo de minerales que nos daba, y luego nos hacíamos la raya en los ojos con las puntas tiznadas. Lo he vuelto a hacer solo por el gusto de ver cómo me quedaría hoy, y lo único que puedo decirte es que a este pueblo no le hace ninguna falta seguir acumulando Cleopatras de imitación. Aunque me vería muy guapa con una gran serpiente colgada sobre el pecho. Fulminada por la sierpe cabeza de cobre, no hace falta decir más. Cada cosa dice cada cosa y todo lo dice todo.

He llegado a tal punto de agotamiento con el trabajo de la pensión que esto ha perdido su chispa. Casi todos los fines de semana y festivos la casa se convierte en la batalla de Cold Harbor, una masacre, y los huéspedes tienen que buscarse otro sitio donde comer, normalmente en esta misma calle, en Wilmer's. Y aunque Ofelia sigue viniendo a echar una mano con la ropa, y tira el agua a la tinaja que hay en la calle para que las ardillas encuentren la muerte intentando saciar su sed, y luego trae agua limpia del pozo y la calienta en la cocina, nunca es bastante. Los lunes, pese a que el apuesto huésped me pida pato asado (esos perdigones son muy capaces de romperte un diente), Ofelia pone una cabeza de ternera o un hueso de jamón en una olla y lo deja hervir a fuego lento después de añadir una lata de nabos, todas las cáscaras que encuentra de las mazorcas que han sobrado o que son inservibles y una lata antediluviana de cacahuates. Para completar el ágape, tenemos un pastel de camote, uno de requesón y una col del puesto del señor Stanley Woo. Una vez al mes, Ofelia nos cocina unas repulsivas tripas de cerdo de las que nos alimentamos durante varios días. Para el desayuno, tomo un plátano y, en el centro de cada plato de avena, coloco una sola rodaja para que mis huéspedes puedan mirar esa carita de hombre de la luna. El suelo queda hecho un asco y el pan de maíz se pone rancio, perfecto para hacer sopas. No me atrevo a decirte qué hago con las ardillas (está bien, sí: las ahogo con un artilugio parecido a un columpio que las sumerge en una tina llena de agua —con un pato es más difícil— y luego las apachurro si no se han ahogado del todo), pero por lo menos esos estofados no vienen con perdigones. Quizá un poco de espumita, pero no tanta como para que se note, a menos, tal vez, que uno sienta de sopetón que tiene la conciencia un poco más tranquila.

Pero aquí, en la Carretera Hundida del Sur, todo es agotador. Es quitar una telaraña y que te aparezca otra, enorme y pavorosa como la mano de un hada. Las polillas de la harina entran y salen revoloteando de los armarios y yo las dejo a sus anchas. No tengo muy dominado el reloj del abuelo y a veces me gustaría ver a un abuelo de verdad, de pie en la pared, antes que esa esfera mecánica girando como un demonio enloquecido sin dignarse decirte cómo se las arregla para hacer lo que hace. Los viejos, en cambio, te lo cuentan todo.

Cuando vuelvo a los sitios de antaño, ya no queda nada, como si me lo hubiera inventado todo. Es como si la vida no fuera más que un sueño que se deja enfriar en el alféizar, como un pastel, para que luego te la roben. Es en esos momentos cuando tomo una silla, me siento, te imagino y me pregunto qué dirías. La evocación es un dolor de muelas, cabría decirse. Aunque supongo que yo también soy una persona peculiar: taciturna, remilgada, no tan cristiana como aparento, y antimadamesca, como ha comentado el galante caballero. Muchos de mis huéspedes —los tahúres y los magos, los forajidos, los judíos y los indios shawnee— están fascinados con la nueva cultura: electricidad, vías férreas, aerostatos y el desierto del oeste que todavía se saca de la manga fiebres del oro y de la plata, oro y plata, quizá para obsequiarnos con más fotografías de soldados y guerras, haciendo que todo el mundo se largue con viento fresco en un arrebato juvenil en pos de algún paraje que lleve en el nombre un Dust, un Butte o un Scratch, dando alaridos y cantando, cargando a cuestas con sus antiguos y agonizantes corazones, siempre yendo todos más lejos de lo que deberían. El «¡Vamos al Oeste!» del soldado desengañado. Han puesto una plataforma de madera en la orilla de la calle mayor que ni mandada a hacer para el viaje (o, en todo caso, para alejarse tres manzanas de esta casa). El tufo a ajetreo absurdo se huele a la legua. Ayer vi a una marrana crédula, enorme, trotando por la calle, saltando las roderas de las carretas, como si hubiera oído algún rumor sobre qué sé yo y hubiera devorado a sus lechones para poder investigar a su antojo. Aunque lo más probable es que haya terminado hartándose con el cadáver de algún muchacho olvidado en un campo después de la lluvia, perdido en el fin del mundo. Los cerdos de los granjeros todavía desentierran cuerpos de soldados. Ni siquiera hay que estar cerca de un campo de batalla. Algunos de esos muchachos eran desertores o cobardes que se quedaban rezagados y todos tenían hambre, a todos les dispararon, y ahora, al cabo de los años, se les busca para convertir sus restos en pienso para el ganado.

En cuanto al «¡Vamos al Oeste!», muchos de esos pueblos seguramente no echarán raíces. Un lugar animado puede convertirse en un callejón sin salida incluso para una marrana crédula que huye de las tripas que nos cocina Ofelia. ¡Pero a una criatura empecinada no hay forma humana de redimirla de sus servidumbres! Y mucho menos a esos hombres misteriosos de pelo cano, con sus secretos y sus collares de oro, dispuestos a apoquinar lo que haga falta para que un dentista les arranque todos los dientes en cuanto oyen hablar de un El Dorado donde sea, en Dimmit River, en Turkey Miller's Plum o en cualquier andurrial parecido. Todo amenaza con convertirse en un limbo cuando empiezan a circular rumores y augurios de otros paraísos. Algunos de esos caballeros se han convertido en espectadores estacionarios, pues embridaron sus impacientes movimientos hace ya algún tiempo y dejaron de pedir opinión a sus corazones. Aunque a los corazones ya no se les consulta casi nada, y se les atormenta y arrastra, crispados.

En fin, preciosa, hay que abrirse paso entre la pena y la amargura, y luego, cuando te pares a echar un vistazo, ¡ahí estará la vida!, un mar cerrado en una región interior, con el mundo listo una vez más para rebozarte con sus fósiles y verrugas y otras baratijas que nadie quiere ni regaladas. En lo que a mí respecta, estoy irreconciliada prácticamente con todo.

Pero todo saldrá bien si el riachuelo no se desborda.

Siempre tuya,

Eliz

Grasa de plancha coreana y el humo de un porro antes de comer en el aire, vientos ligeros de componente variable, el tufo dulzón de las bolsas de basura cociéndose al sol, tal era el verano del que los algonquinos habían intentado librarse, y lo habían logrado, huyendo con sus joyas y su jolgorio. Los vibrantes estragos abrasadores del metro. Aguas residuales sulfúricas que exhalaba la boca dura y abierta de la línea de Broadway. Manzana tras manzana de edificios de ladrillo y cemento —rugiendo unos, durmiendo los otros— enjaulados en selvas geométricas de andamios. El tráfico murmuraba como el mar, las ambulancias ensayaban sus *glissandos*: la autoridad era tanto la mercancía como el puerto. La autoridad entrecomillada era la marca que corría de boca en boca. Las vespas pasaban veloces sin que nadie las condujera en apariencia.

Finn le pidió al joven empleado que le sacara el coche del garaje. Llegaba temprano después de un menú con descuento para comensales tempraneros. Mientras esperaba a que le devolvieran el coche, vio frenar un bicitaxi delante de él. El conductor se parecía a Pete Seeger con el uniforme completo: un bonito gorro de lana, una camisa de franela, los tirantes. Pero en vez de cantar «*Turn! Turn! Turn!*», gritaba «¡Cuidado! ¡Cuidado! ¡Cuidado!» a pleno pulmón. «¡Cuidado con las instrucciones debajo del cofre! ¡No piense que no están ahí! Cuidado con las mujeres plateadas, los cables rosas y los zapatos, los zapatos, los zapatos...» Los esquizofrénicos blancos podían andar en bici allí. Los esquizofrénicos negros se acurrucaban debajo de mantas y cajas de cartón en las aceras, arrimados a las fachadas de los rascacielos. Trozos de papel enrollados dentro de tarros de cristal con un texto garabateado mirando a la calle: «No soy una persona sin hogar. Este es mi hogar».

—¡Ey! —gritó el hombre que llevaba el puesto de comida ambulante de la esquina de la Veintiocho al Pete Seeger que conducía el bicitaxi—. ¡Amigo! ¡Te hace falta un burrito!

El del bicitaxi se marchó. Los atentados con bombas caseras en Chelsea habían ocurrido un mes antes. La gente pasaba página y no la pasaba al mismo tiempo.

El olor de la ciudad por la mañana, la mezcla de comida y contaminación, despertó en Finn el recuerdo de las excursiones a ciudades desconocidas que había hecho de niño. Lo obligaban a levantarse muy temprano, con la clase de la escuela o con su familia, y ahora sentía de nuevo aquel terror difuso y la extraña aventura de un mundo que ocurría de manera simultánea e independiente del mundo del que procedía. Las ciudades parecían dispuestas a partir de los retazos de otras ciudades de otros tiempos.

Ahora la gente hablaba en voz alta con el celular. Recordó la primera vez que vio hacerlo, a principios de siglo, la gente hablando en público, en voz alta, a unos teléfonos que él no alcanzaba a ver. Le parecía increíble. Era como si todo el mundo se hubiera vuelto loco adrede. Esos tiempos de incredulidad habían pasado, pero la locura voluntaria perduraba.

Dio las gracias al *valet parking* con un billete de diez dólares y salió. Ya no sabía orientarse por esa ciudad a la que llamaba «No York»: todos esos barrios que siempre le decían «No». «NoHo», un desmentido a carcajadas. «NoMad», el barrio en el que se alojaba; cómo iba a alojarse en otro sitio. «Nolita.» ¿No salió con ella en la preparatoria? ¿O más bien recién empezada la secundaria? Un chiste había que revisarlo, pulirlo, frotarlo hasta que el genio salía de la lámpara, se largaba corriendo y dejaba de ser divertido.

Su Airbnb se encontraba en una zona industrial de Chelsea y los martillos neumáticos de la ciudad no lo habían dejado pegar ojo hasta las dos de la mañana. Se les permitía machacar toda la noche, como si nadie viviera o durmiera allí. Tomaba grandes tragos de café y ponía a prueba su cordura todas las mañanas, como siempre hacía cuando no viajaba: sacaba su laptop y contestaba a los artículos de opinión del *New York Times*; luego esperaba a ver si su respuesta aparecía entre los comentarios publicados. De esa forma podía comprobar, más o menos, lo trastornado que estaba ese día. Había aprendido a empezar con un elogio al autor del artículo. Si abría con un «Frank Bruni debería volver a la sección de crítica gastronómica», el comentario desaparecía en el éter. Pero si arrancaba con un «Frank Bruni es brillante, solo que...», entonces lo publicaban. Había sido «Favorito del lector» dos veces y «Favorito del editor» una vez, pero por lo general terminaba perdido entre la marabunta de intervenciones que hacían las veces de conversación durante el desayuno antes de que cerraran la sección de comentarios para que no se inundara. Se hacía llamar «Melvin H. de Ohio». Y creía que quizá era el único Melvin H. que había en Ohio, y como en realidad no era Melvin H. de Ohio se medio imaginaba que no debía de haber ningún Melvin H. en Ohio. Todo ello no era más que una forma ineficaz de poner a prueba su estado de salud mental y sus capacidades cognitivas, porque no creía en los test online de demencia. ¡Esos cuestionarios le hacían *gaslighting*!

En el asiento trasero de su coche tenía el arenero desechable del gato de su casera. Antes de salir de Navy Lake la mañana del día anterior, esta le había pedido que se lo llevara y lo tirara en cualquier lado.

—¿En serio? —había preguntado Finn.

—Me da igual cualquier contenedor. Eso sí, arranca y márchate pitando. No me sé la normativa al pie de la letra.

Pero Finn no había parado. Había conducido directamente desde Illinois, sin recordar casi en ningún momento que tenía ese chisme detrás, porque siempre se olvidaba de las cosas que llevaba ahí. No obstante, de vez en cuando podía oírlo. La caja se deslizaba sobre el asiento trasero de su Subaru. En una curva cerrada, se deslizó por todo el asiento hasta golpear contra la otra puerta.

Conducir hacia el Bronx era una pesadilla, pero más barato que coger un taxi. Su GPS intentaba redirigirlo y todo era improvisado. Las espirales de las rampas de cemento eran un nido demencial para un pajarraco gigante de una película de terror. En Grand Central Parkway, los camiones, logística de Amazon, acechaban en su ángulo muerto para luego adelantarlo violentamente por la derecha, salpicándole el parabrisas de lodo, que Finn embadurnaba, extendía y deslavaba con el movimiento frenético de los limpiaparabrisas a toda mecha, así como con los joviales chorros de líquido azul. De vez en cuando un camión le soltaba un bocinazo, las salvas de un transatlántico que arriba a puerto. Hacía tiempo que no iba al barrio por ese camino y apenas tuvo un instante para fijarse en el letrero del puente de Triborough y reparar en que ahora se llamaba puente de Robert F. Kennedy, un puente hermano al norte para el encantador aeropuerto del presidente al sur. Norte y sur, otra cosa que no se decidía a contar a sus alumnos, para quienes era el desengañador oficial. Pero sí tenía el tema de los hermanos en la cabeza. Estaba intentando meditar vivencias y convertirlas en anécdotas para su hermano desahuciado. Esas anécdotas tenían que ser divertidas, habida cuenta de que el oyente al que iban destinadas se disponía a abandonar este mundo. Pero no podían provocar una risa en el moribundo que le hiciera desear vivir más. Los muertos han de reír cansinamente, de una forma que diga: «Está bien, está bien. Ya basta».

Una tarea difícil. Era profesor, pero en realidad no les tenía ninguna fe a las tareas, y menos todavía a las difíciles. ¿Qué sentido tiene pasarse todo el día en la escuela y luego volver a casa y trabajar todavía más?

Y, ya puestos, ¿quién era el mayor Deegan?

Un examen para hacer en casa calificado según una campana de Gauss sin ninguna libertad, solo muerte. ¡Denme lo uno o lo otro! ¿Quién dijo eso, chicos y chicas, damas y caballeros? ¿Y por qué se consideran estas dos condiciones —libertad y muerte— mutuamente excluyentes? Argumenten la respuesta con ejemplos.

Finn llevaba demasiado tiempo dando clases.

Examen sorpresa (¿quién fue tu padre biológico?, una de cada diez personas tiene un padre distinto del que creen). Finn, de hecho, pensaba que Max y él solo eran medio hermanos. ¿Cómo explicar, si no, el amor y la incomprensión que los unían, esa dupla que lo atormentaba? Noche y día. Era una teoría personal. Su madre había sido, en fin, una romántica.

Estaba llegando al barrio del centro de cuidados paliativos con un destello que rasgaba la periferia de su ojo derecho; era un resplandor de acero que apareció de pronto y lo hizo girar bruscamente. El destello quedó grabado con fuego, un recordatorio más de la proximidad de la muerte, como si necesitara otro. Cuando volvió la cabeza, desapareció volando como un veloz murciélago blanco. Pensó que su vida, en gran medida, era exactamente eso: un camión que todavía no había irrumpido en su campo de visión porque aguardaba el momento, obcecado, afilando la guadaña, con gesto ceñudo. El firme reptar de un tsunami en el retrovisor, que se te echa encima desde atrás. En vez de frenar, Finn aceleró. Cómo se había dispersado la familia. Ambos hermanos se habían convertido en personas desplazadas, sus direcciones difuntas se acumulaban tras sus pasos, una encima de otra, como ocurría en otros tiempos, cuando la gente reaprovechaba los sobres poniendo un sello nuevo encima del viejo.

Se metió por la primera salida de Riverdale. Además de la mierda seca del arenero del gato que se deslizaba detrás de él, los cristales de una copa rota dentro de una bolsa de papel repicaban más atrás, en la cajuela del coche. Siempre se olvidaba de la bolsa, hasta que tomaba una curva cerrada, como estaba haciendo ahora, y los cristales hacían más ruido que el arenero deslizándose de un lado a otro. El Airbnb tenía derecho a cocina, y Finn había echado una mano con los platos porque así lo decidió, aunque ahora su anfitriona le había pedido —por si no tuviera bastante con tirar la basura de su casera en Navy Lake— que encontrara un repuesto de la copa de tono ámbar que Finn había roto al sacarla, todavía caliente, del lavavajillas. Gravosas tareas impuestas tanto por su anfitriona del Airbnb como por su casera: esta nueva tesitura en la que se encontraba le parecía un extraño e inesperado destino. La noche anterior Finn había envuelto los cristales en papel de periódico y los había metido en el bote de la basura de la cocina. Se le había olvidado dejar una nota para explicar debidamente lo ocurrido. Así que esa mañana su anfitriona había sacado los trozos del papel y había construido con ellos una pequeña escultura —el tallo de la copa sostenía los dentados fragmentos de color ámbar apuntando hacia el cielo—, que incluía un letrerito de cartón en el que se leía un furioso ¡QUÉ DEMONIOS ES ESTO! escrito con plumón negro brillante. Como su hermano estaba muriéndose, la simple idea de que le impusieran la tarea de encontrar un «repuesto de la copa» —porque de lo contrario lo habrían multado y le habrían retirado los derechos de cocina, según rezaba el mismo cartelito— lo sacaba de quicio. Cuando había vaciado el lavavajillas solo pretendía echar una mano, aunque eso era precisamente lo que había intentado hacer durante toda su vida. Se había marchado del departamento que compartía con Lily en Navy Lake para que ella tuviera tiempo de reflexionar, que era lo que le había pedido, y ahora también tenía el arenero de su casera en el coche. Y, para colmo, la notita que había recibido esa misma mañana, junto con los cristales rotos, y que incluía la petición de: «Mira las fotos de las páginas de cristalería. Quizá puedas encontrar un repuesto en internet en cristalerías especiales. Aunque seguramente tendrás que mirar en las tiendas de lujo. No recuerdo dónde lo compré, pero no puedo recibir visitas en esta casa si al juego le falta una copa».

¿Consultar las fotos de las páginas de cristalería?

Justo el mes anterior, la misma casera de Navy Lake le había hecho ir a una sala de exposiciones de productos de fontanería a comprar un inodoro nuevo para cambiar el que había, lleno de cal, del que sus tripas habían sido víctima el segundo día de su estancia en el departamento. El dependiente de la sala de exposiciones había calibrado sus muslos: «Quizá necesite una taza de mayor tamaño», le dijo, antes de pedirle que se sentara en varios inodoros de la sala de exhibición. Llevó a Finn a otro más. Y Finn no tardó en caminar de un inodoro de muestra a otro, sentándose en todos ellos. «Bueno, ¿por qué no prueba este ahora, que es más alto? ¿Más cómodo para leer? Bien, ahora póngase de pie de cara al inodoro para que podamos ver cómo apuntaría.»

«No creo que ningún hombre me haya hablado tan íntimamente antes», había dicho Finn.

Entonces, el vendedor le había mostrado cómo el asiento bajaba en cámara lenta en vez de hacerlo de golpe con un sonoro clac. «Su mujer estará contenta.» Aunque Finn sabía que en ese instante se esperaba de él que confesara que no estaba casado, se limitó a decir: «¿Cree que sí?». Lo que de verdad quería decir, mientras iba sentándose en los distintos inodoros de la sala de exposiciones, era: «¿Podría concederme un poco de intimidad, por favor?».

Le contaría esas historias a su hermano, Max, para divertirlo y distraerlo —«¡Fue como cagar un montón de veces ahí mismo, en la tienda!»—, para que viera la locura del mundo que estaba a punto de abandonar. Tampoco era que Max no lo supiera, pero esos ejemplos tal vez pudieran endulzarle la transición.

Se accedía al estacionamiento del centro de cuidados paliativos por una rampa de cemento cuesta abajo que parecía infinita pero concienzuda, un anuncio del infierno por venir. Cuando encontró un cajón libre en la última planta fue como una cama abrigadora para un hombre cansado: todas las experiencias, chicos y chicas, damas y caballeros, se expresan unas a otras. Solo hay que prestar atención. Salió del coche y cerró la puerta. Una paloma gorda y brillante de cuello violeta, atrapada inexplicablemente en las profundidades, se le acercó dando unos pasitos con la concentración de un gato, y luego se alejó al mismo paso.

La última vez que había estado con Max fue durante los largos meses de la quimio, pero no había vuelto a Nueva York hasta ahora para visitarlo en el centro de cuidados paliativos. La esposa de Max, Maureen, le había pedido que no le dijera dónde estaba ingresado en realidad, porque si se enteraba intentaría largarse. «Cuando te pregunte dónde está, dile simplemente que en el hospital», le había dicho. Maureen tenía pendientes dos semanas de llantos que todavía no había podido desahogar.

—¿Estarás? —preguntó Finn.

—Estoy agotadísima —dijo ella—. Encontrarás al ayudante ghanés que he contratado. Es una maravilla. Se llama William. A veces lo sustituye su hermano. Son muy entrañables los dos.

—¿William?

—Sí, William —replicó bruscamente Maureen—. Max se alegrará de verte. Si te reconoce.

—Soltó un suspiro agotado, sin compasión: los moribundos, qué dolor de cabeza.

No coincidió con nadie en el ascensor que subía al vestíbulo ni luego en el otro hasta el cuarto piso, pese a todos los coches, como si el estacionamiento se usara para otra finalidad. Algo que tuviera menos que ver con la muerte.

Buscaba la habitación 403. Recorrió un pasillo con retratos de Tony Randall, Madeline Kahn, John Lindsay, como si aquello fuera un restaurante y estuvieran orgullosos de la gente que había comido allí.

Que había muerto allí.

No encontró ningún guardia de seguridad que lo detuviera, ni en el mostrador, ni en el vestíbulo, ¿de qué iban a necesitar protegerse en un sitio así? ¿Un visitante iba a matarlos a todos con una gripe que hubiera pescado en un crucero de Carnival? ¿O un recién jubilado que hubiera dilapidado su pensión en un arsenal de armas iba a irrumpir y cargárselos a todos? Eso sería un regalo caído del cielo. Y también liberaría algunas camas.

Al llegar a la habitación 403, se detuvo ante la puerta. Había sido doloroso —físicamente oneroso— caminar por el pasillo, pero entrar en una habitación como esa todavía lo era más. La puerta —esa puerta de la muerte— se podía cruzar, pero luego no había vuelta atrás, no podías dar media vuelta y salir como si nada, ya fueras testigo o actor. Aunque, por supuesto, tanto él como Max volverían a salir por la puerta, pero solo con el cuerpo. El olor de las toallitas antisépticas, del desinfectante Pine-Sol y el aroma a albahaca de la orina vieja eran omnipresentes. Finn había oído hablar de varios centros de cuidados paliativos con vista al mar. Este daba a un altísimo edificio de ladrillo al otro lado de la calle. Vio al ayudante ghanés, un chiquillo que no tendría más de quince años, sentado en una silla.

—Hola —dijo Finn.

—¿Es el hermano de Max?

—Sí —respondió Finn, como un estúpido, sin moverse.

El centro ofrecía habitaciones de uso individual. Morir era un asunto íntimo. Pero quizá los enfermos terminales necesitaban tener compañía y todos deberían dormir juntos en la misma habitación. Morirse solo era una tragedia. Pero cuando dos o tres personas se morían juntas, cabía la posibilidad de que la cosa se convirtiera en una comedia. Una posibilidad remota, pero posibilidad al fin y al cabo. Media posibilidad. Menos que media, seguramente.

La luz fluorescente lavaba la habitación. Había unas cuantas flores mustias y unas tarjetas en un buró. Para ser un moribundo, Max no había reunido un tesoro demasiado generoso. Muerte, ¿dónde se halla tu botín?

El rostro del ayudante era alegre y amable, como si esperase ansioso la llegada de cualquier emisario del mundo exterior, aunque solo fuera Finn. Los ojos del chico se abrieron de par en par y señaló la cama que quedaba oculta a la izquierda, detrás de la puerta abierta. Finn siempre había pensado que las habitaciones debían fluir hacia la derecha, no hacia la izquierda. Ahora pensó que se hallaba ante un nuevo giro equivocado en su vida. Dio un paso para ver a Max, demacrado, con los grandes ojos hundidos de los moribundos. Se había dejado crecer una barba extraña, apelmazada en hebras, completamente blanca. ¿Qué noticias traer a un hombre en semejante estado? Finn no tenía noticias. Max movió ligeramente la cabeza para mirar a ese nuevo visitante, aunque no pudo fijar la vista y llevaba un tubito de plástico enganchado con cinta debajo de la nariz. La cánula azul del oxígeno. Levantó los dedos de golpe, amarillentos y largos, en lo que casi parecía un saludo.

—He venido a alegrarte el día —dijo Finn.

—Ja —respondió Max como si constatara una obviedad, y levantó la mano derecha despacio, hacia él—. Me he convertido. Sospecho. Motivo de consternación.

Finn nunca había visto tan flaco a su hermano y, por ello, tampoco se había fijado nunca en lo largos y finos que tenía los dedos de las manos, en lo bonitas que eran. La quimio o el cáncer (¿quién podía saberlo?) no solo habían terminado con el pelo de su cabeza, sino también con el rosario de lunares de su cuello; su piel tenía un aspecto cremoso. Con el tono liso de un albaricoque. Era un sobre de papel manila que estaba preparándose para el envío. Finn se sentó en el borde de la cama. Max cerró los ojos y pareció sumirse nuevamente en el mundo al revés de los enfermos.

—¿Quiere una silla? —preguntó el ayudante, acercándole una. ¿Cómo se llamaba? ¿William? Finn no quería ser maleducado.

—Ay, no te preocupes, gracias. Bueno, sí, no me vendría mal una silla. —La arrimó a la cama antes de sentarse. Hablaría después con el ayudante. Volviéndose hacia Max, armó la frase más larga que pudo pensar—: ¿Te acuerdas de que papá empezaba siempre cualquier conversación diciéndote el camino que había elegido para llegar al sitio donde estuviera, que había planeado tomar un camino antes, pero que esos planes siempre terminaban frustrados por un tramo en obras, y luego pasaba a contarte las rutas que había hecho en tiempos pasados, y que esta vez había elegido una que tenía marcada en el mapa, y luego te recitaba todas las salidas y las autopistas que había recorrido y el tiempo que había hecho?

Max sonrió un poco.

—Sí.

Su mirada se fijaba a veces, pensativamente, en una media distancia, como si estuviera mirando en su propia tumba. Pero eso lo había hecho siempre, incluso de niño.

—Pues bien, voy a hacer lo mismo, pero sin hacerlo. —Finn metió la mano en una bolsa de lona que llevaba consigo. Necesitaba atrezo para no divagar y atrezo para ayudarse a divagar—. Te traje una foto. —En ella, ambos sostenían sendos bates de beisbol en el campo de deportes, en un año muy lejano ya, en los setenta. Le había puesto un marquito barato de metal, y ahora despejó el buró para hacerle sitio entre los vasos de plástico y un puré de manzana que su hermano no había tocado.

—Gracias —dijo Max, echándole un vistazo.

Una vez más, Finn se fijó en el diente de plata de su hermano, decisión de la madre de ambos, pese a que había ahorrado de la nómina de su marido para hacerse ella una ortodoncia. Su madre había esperado veinticinco años para arreglarse los dientes ligeramente salidos con un aparato y su padre había ahorrado. Pero no hubo suficiente dinero para ahorrarle a Max tener que llevar un diente de plata toda la vida, consecuencia de una caída en bicicleta sobre la acera cuando tenía nueve años. Nunca le pusieron un empaste ni una corona que se pareciera a un diente de verdad. Siempre fue un pirata en la nave de la vida, y en cierto modo había terminado por aceptarlo. Y al final la ortodoncia de su madre le había enderezado los dientes solo un poco y la sobremordida siguió allí pese a todo.

—¿Te acuerdas del día? —preguntó Finn, señalando la foto. Pero ¿se acordaría Max? Finn había guardado y modificado el recuerdo en torno a la imagen, pero solo la había tenido él, no Max. Así que para Max todo era nuevo.

—Claro. Bueno, no tanto —dijo Max. Intentó enfocar la mirada. El blanco de sus ojos estaba adquiriendo el café dorado de la cera de los oídos propio de la fruta golpeada.

—En las pruebas —dijo Finn, como un estúpido.

Ahora dejaría el tema. Se quedaría sentado al lado de Max y acometería la parte más difícil del trabajo. Le diría: «Hermano, ¿cómo estás?». «No tengas miedo.» «Has sido amado.» «Fuiste un hermano maravilloso.» ¿De verdad diría esas palabras y lo haría en pasado? ¿O solo las pensaría, pero se olvidaría de pronunciarlas, todas y cada una de ellas? Como ambos habían fracasado en todo lo demás, le diría «Siempre supe que eras un buen hermano», aunque ni siquiera creyera en esos términos. Un hermano bueno. ¿Qué era lo bueno? Buena madre buen padre buen hermano buena hermana. Por lo general, eso quería decir que habías sido afortunado, que alguien había conseguido inscribir a alguien en una buena universidad. Quería decir simplemente que tu código postal era de los afortunados y que tu metabolismo no estaba averiado. En ningún caso significaba que habías localizado al *dealer* de tu hermano y le habías reventado las rodillas de dos disparos. No significa-

42

ba que hubieses curado a alguien de un cáncer. Bueno esto. Bueno lo otro. Tras años de dar clases, Finn había dejado de creer que las cosas pudieran ser buenas. Creía en lo Interesante, lo Práctico, lo Peligroso, lo Providencial, lo Desafortunado, lo Cruel, lo Veleidoso, lo Divertido, lo Irreal. Creía que el tiempo era un océano extraño que imaginábamos cruzar a nado en vez de asumir que nos habían arrojado allí al azar.

—No sé dónde estoy —dijo Max. Se le abrieron los ojos de pronto, asustados. Buscaba por la habitación sin saber qué, con un gesto en el que aparecía a veces el espanto. Levantó la cabeza, pero el resto de su cuerpo no la secundó—. Tengo que salir de aquí y volver a la quimio.

Finn no pudo ceñirse al guion tranquilizador y mendaz de Maureen. Le diría a Max que estaba en un centro de cuidados paliativos, no en un hospital normal, que estaba en un sitio al que la gente iba a morir, cuando ya no quedan esperanzas ni hospitales que valgan. El verdadero principio del verdadero final. Le diría la verdad.

—Estás en el hospital —dijo, y carraspeó para limpiar la garganta de la mentira que, pese a todo, había logrado pronunciar. Era un cobarde cómplice—. Lo arreglaremos. —En su línea de ancestros no había nadie que hubiera sido especialmente heroico. Estaba bastante seguro.

Max volvió a hundirse en su almohada. Los ojos giraban en su cabeza. No ardían con la luz fiera y postrera de los moribundos, sino que bailaban sin acierto, como si flotaran en el agua.

—Tengo que volver a la quimio —dijo Max.

El año anterior, cuando estaba con la quimio, Max se quedaba dormido en un asiento reclinable enganchado a un gotero de Benadryl mientras le transfundían una bolsa de plástico o un menjurje tóxico a través de un catéter Hickman. Pero no antes de que sonriera y coqueteara con las enfermeras, que en realidad ni siquiera lo eran. «¡Cásate conmigo!», les decía a todas las jóvenes. Las visitas con el oncólogo a las que Finn lo había acompañado habían sido una pesadilla. El oncólogo se sentaba cruzando las piernas enfundadas en unos pants sobre la camilla de examen mientras que Max se quedaba sentado en una silla. A continuación, el doctor se quejaba de no recibir suficientes subvenciones para la investigación de la Facultad de Medicina. «¡Así que todos estamos buscando a Steve Jobs para que nos eche una mano! —dijo el doctor más de una vez—. ¡Jobs podría haber encontrado la cura de este cáncer! ¡Este mismo cáncer que tiene usted! Pero ¿lo ha hecho? No, ha preferido comprarse una casa en Tennessee para ser el primero en la lista de trasplantes de hígado.» La gran brillantez del oncólogo como sanador tal vez se había visto frustrada por su falta de brillantez real y, desde luego, por la desventura de sus pacientes, así que le echaba la culpa a Steve Jobs. ¿Por qué no?

—Estoy seguro de que le sobró dinero —había dicho Finn sin que viniera a cuento—. Solo era una casa en Tennessee.

—Pues claro que le sobró —dijo el oncólogo—. Pero a nosotros no nos ha llegado.

—Todavía —dijo Finn.

El doctor cerró entonces los ojos. Hablar era más fácil cuando no tenías que mirar a la gente.

—Max, amigo mío, te queda un año más o menos. Coincidirá con mi jubilación.

Pero ya había pasado un año y medio y el médico se había jubilado de todos modos. «No pensé que fueras a vivir tanto» fueron las encantadoras palabras de despedida que le dirigió a Max, con los brazos de sanador cruzados, los ojos de médico cerrados, la boca fruncida que daba a entender que estaba medio impresionado con Max y consigo mismo, al tiempo que reprimía una veladura violeta de vergüenza. Luego le dio a Max una palmada en la espalda y abandonó el consultorio para localizar a su asesor financiero y a su agente de viajes.

Ahora, en el centro de cuidados paliativos, el ayudante ghanés volvió con otra silla.

—Me llamo Jonathan —dijo el muchacho, tendiendo la mano con decisión. Finn se la estrechó—. Soy el hermano de William.

—Yo soy el hermano de Max —contestó Finn como un bobo.

—Lo sé.

—¿Cuántos años tienes? —preguntó Finn. Ahora le preocupaba el muchacho. Un pobre chiquillo en una habitación propiedad de la muerte con adultos que no sabían qué hacer: ¿cómo iba a entender un niño lo que ocurría cuando los adultos no eran capaces?

—Dieciséis.

—¿No eres demasiado joven para este trabajo? Es un trabajo muy duro.

—Me lo preguntaron en la entrevista. Pero en mi país vemos la muerte de otra manera.

¡Ay, Dios! ¿Quién le había dicho a ese niño que respondiera eso?

—La vemos como una parte más de la vida...

—No me estoy muriendo —saltó Max, que por lo visto no estaba dormido.

—Sí, es que es así —dijo Finn, terminando la frase de Jonathan. La muerte está de moda, antes lo estaba la vida, eso era lo que había empezado a pensar. Y esperaba que resultara más barata. ¿Y si no lo era? ¿Y si llegaba el día y empezaban a cobrarte por cualquier cosa? Los precios en unos números tan largos que fueran una forma de programación informática.

—¿Estás viendo la tele de la habitación? —le preguntó a Jonathan. En la pantalla salían dos personas atractivas discutiendo sobre una tal Monica.

—Solo un poco.

—Están pasando la Serie Mundial —dijo

Finn—. Deja que Max vea el canal de deportes, por favor.

—De acuerdo. No pasa nada. Mi hermano estaba viendo este programa antes de irse y, cuando vine a tomar su turno, me puse a verlo también.

Si Finn lograba que viera la Serie Mundial, Max se obligaría a aguantar con vida hasta el amargo desenlace. Vería todos los partidos. Ni siquiera importaría a qué equipo animara, aunque estaría bien que ganaran los Cubs. Por supuesto, Finn había olvidado si los Cubs habían llegado tan lejos en las eliminatorias. El beisbol no le gustaba tanto como a Max; más leña para la hipótesis del medio hermano. Aunque la estupidez de los deportes era preferible a muchas otras.

—Ahora vuelvo —dijo Jonathan, reculando hasta salir por la puerta.

Finn levantó la vista.

—Están jugando los Cubs y los Indians.

—¿Los Cardinals no? —preguntó Max.

—Los Cardinals, eliminados a las primeras de cambio. Los Kansas City Royals, eliminados a las primeras de cambio. Pero los Cubs se han clasificado. No estoy animándote mucho.

—Para nada. Todo bien. Los Cubs están bien. Maureen los odia a todos. Cuando está aquí, no para de mirar el reloj.

—No. Ya nadie lleva reloj.

—Mira el celular.

«Tienes que estar muerto de verdad para no ver que alguien mira su celular», fue lo que no dijo Finn.

—Qué se le va a hacer... —dijo en cambio.

—¿Cómo está Lily?

—¿La soga en casa del ahorcado? —Pero, sí, ¿cómo estaba Lily? Nunca había cerrado del todo la pestaña de Lily. Lo que hubieran compartido no lo había superado. ¿Y qué habían compartido? Un montón de años. Finn carraspeó, como si tuviera la garganta llena de libretitas y trozos de papel—. Me vengo abajo cada vez que la veo —dijo, y su voz sonó ridícula, a amante despechado—. Ella también la está pasando mal. Pero como me mudé para darle espacio, un espacio que, por cierto, me reclamó a gritos, por fin he dejado de sentirme responsable de todo lo que le pasa. Y ahora la veo menos, de manera que aparentemente puedo ser más yo mismo, o puedo reconstruirme para conseguirlo, lo cual no tiene por qué ser bueno. Aléjate con amor, dicen las personas que aman a un alcohólico.

Vamos al bar, dicen los amantes del alcohol.

—¿Cómo sabes que la está pasando mal?

Lily siempre había admirado a Max. Tiene una vida de mierda más o menos, solía decir ella. Un trabajo miserable, un matrimonio que ni fu ni fa, pero aun así cuida de ti. Sigue haciendo de hermano mayor.

Ahora, al mirar el rostro de Max, Finn no vio

más que una expresión vacía, como si estuviera esperando el autobús. La imagen, por un instante, le hizo echar de menos su infancia juntos: esa sensación de ir en sandalias y traje de baño por el asfalto abrasador del estacionamiento de un supermercado, esperando a que tu madre se dé prisa.

—¿De verdad? ¿Seguro que quieres saberlo? —Finn arrimó la silla aún más a la cama de Max—. Cómo puedo explicártelo: Lily dice que quiere morirse. No para de repetirlo. No te lo había dicho, pero es así. Siempre ha tenido ese *alter ego*. Un secreto que solo ella y yo conocíamos. Pero el deseo de morir en realidad no es propio de ella. Ese deseo se plasma en acciones y palabras como consecuencia de su enfermedad. Es una habitación de invitados en la casa de su cabeza. Es como si tuviera una araña dentro que le dijera desde un rincón que lo queme todo hasta los cimientos.

«Cariño —le había dicho Lily una vez—. No tienes ni idea de lo que son las enfermedades mentales. Igual tendrías que inscribirte a un curso o yo qué sé.» Cada medicamento que tomaba tenía un nombre genérico y una marca comercial, prolijos y completamente distintos entre sí, como los personajes de una novela rusa. Su enfermedad era, en resumidas cuentas, una gran *Anna Karénina*.

Referirle todo esto a un hombre que se moría de verdad ponía de manifiesto la absurdidad, el misterio y el alucinante desperdicio de vida de una persona que quisiera liquidarse a sí misma. El solo hecho de pensar en el suicidio en un sitio así era obsceno. Por otra parte, a Finn le parecía perfectamente razonable que no pudiera pensarse en otra cosa. Todas las cosas son verdad, chicos y chicas. Damas y caballeros.

—¿Que *quiere* morirse? —repitió Max—. Tráela aquí. Le enseñaremos a hacerlo. Todos esos deseos de morirse la dejarán agotada.

—Sí, y a mí también me ha medio destrozado —dijo Finn, y luego se quedó callado un segundo—. De tanto vigilarla para que no se matara he terminado medio agotado. Pero estoy aguantando el tirón, con ella. A mi manera. O más bien a la de *ella*. Sé que ha encontrado a alguien. Dice que quiere estar con él. Pero también sé, y lo sabe Dios también, que ese hombre no puede ayudarla. No funcionará. Así que aguanto cerca de ella. —Se interrumpió—. Todo el mundo debería tener en algún momento de su vida una gran historia de amor con un magnífico lunático.

—Sí —dijo Max.

Finn estrechó la preciosa mano de su hermano. La notó suave, quizá por la crema hidratante. Con la muerte hipotética de Lily, siempre se había tratado no de si iba a producirse o no, sino de cuándo iba a hacerlo, aunque lo mismo podía decirse de todas las muertes. En cualquier caso, ella lo había obligado muchísimas veces a imaginarla muerta. Todas las imágenes que se había hecho —colgada de una soga en el garaje, o en el armario, de tres cinturones abrochados entre sí—, todas esas imágenes le habían deformado la mente.

Max apartó la vista del televisor, sus ojos volvieron a bailar en su cara y trató de fijar la mirada en Finn.

—Me da pena por ti, hermano.

La locura de la vida llenó de pronto la habitación como un jugo que hay que beberse.

—Ahora resulta que yo te doy pena a ti.

—Sí —dijo Max.

El demonio de la depresión, el can negro que te arrastra hacia abajo, el diablo que tiempo atrás había agarrado a Lily y había estampado su cabeza contra la pared. Finn no se había arredrado. Era una mujer hermosa y divertida. Más o menos. Finn había decidido arriesgarse. Ambos serían valientes. ¡Lucharían contra la enfermedad armados de amor! Para ser valiente había que ser un niño. Los niños eran más valientes que nadie. Y aunque Lily se había marchado —lo había abandonado por alguien lo bastante estúpido como para intentarlo (el tal Jack no iba a durarle demasiado; ella siempre podría buscarse a otro tipo menos hecho polvo y luego hacerlo polvo)—, Finn pensaba en ella en cada uno de sus lamentables días. La sentía como un cosquilleo y un hormigueo, un miembro fantasma: su mente era independiente y de arranque automático, y no cejaba en su empeño de hacer revivir el fantasma. Y por más que el brazo, o la pierna, siguieran siendo un fantasma, Finn sabía que esa extremidad estaba en vilo permanente, a la espera de una señal. Una sensación en suspenso que rondaba su cabeza como las estrellas de dibujos animados después de un puñetazo.

Aun así, verse privado de la intimidad con Lily había dejado una pequeña mella en su corazón, y también en su respiración, y en el duro caramelo de sus ojos. Su recuerdo estaba en todas partes y en ninguna; una narradora omnisciente.

Max respiró hondo. Hubo un nuevo silencio entre ambos. Finn sabía que en adelante sus visitas se desarrollarían así, con largos silencios con los que tratarían de absorber lo no absorbible antes de apartarlo con el dedo. O quizá podría esforzarse más en hacer que la conversación permaneciera en el aire como un globo. Bateando las palabras, viéndolas elevarse hacia el techo para luego descender sin vida, flotando, hacia el suelo.

—No hay nadie como Lily —dijo Max.

Finn sonrió. Max todavía sabía colocarse en todas las perspectivas de una discusión. Lily estaba loca y te volvía loco. Lily era impresionante. Guapa como uno de esos manzanos gigantescos que tienen en Rusia. Hasta que empezaba a tirarte sus manzanas, lanzamientos duros, dolorosos, como los árboles de *El mago de Oz*. Cada vez que la veía, parecía hallarse en un estado de metamorfosis inversa, pasando de árbol a mujer. Aunque a veces le daba por dar marcha atrás, de mujer a árbol. «Si no te gustan los frutos, no vengas a la huerta», le había advertido al principio de todo. «Hay muchos frutos raritos por aquí.» A menudo le parecía que debía morder la gruesa piel cubierta de pelusa de un durazno para llegar a la manzana. Lily era un portento en el arte de dejarlo enamorado hasta la catástrofe. Era anárquica. «He acumulado muchísimo caos en mí», le gustaba decir. Y lo había guardado en su seno como si fuera jarabe. Si los otros árboles tenían una savia común y corriente, ella había cocido la suya hasta convertirla en pegamento para inhalar.

«Oye, aquí, en el lateral de tu cuello están los meridianos importantes. Si los aprieto, ¿lo sientes?», le decía.

Él podía sentirlo todo.

«Mira, cuando aprietas el meridiano, haces que el dolor aflore y al principio aumenta, pero puedes aguantarlo. Su fuego te quema. Pero también calienta. Y enciende.»

—He guardado un mensaje suyo en el celular —le dijo ahora a Max—. Dice: «¿Hace un tiempo agradable donde estás?». Quizá soy como los alumnos de secundaria a los que doy clase, pero, hombre, me suena a que quiere volver conmigo. —Finn puso la sonrisa más boba que supo hacer. Quería ser un actor cómico para Max.

Si Finn no volvía a escuchar el mensaje en treinta días desaparecería sin dejar rastro de su contestadora. Se presentaría ante Lily cuando volviera.

Habían vivido tanto tiempo juntos que no tendría sentido no hacerlo. ¿Le importaba que estuviera con otro hombre? ¿Con esa persona, con ese tal Jack? De hecho, antes le gustaba el nombre, Jack, pero ahora era como un clavo metido a martillazos en su sien. ¿Tenía otra opción que volver con Lily si eso era lo que ella quería? Era incapaz de amar a nadie más. Lo había intentado. Pero la echaba siempre de menos. Era como un perro, incapaz de ver los colores, dando vueltas sin parar para morderse la cola de color sepia, sepia porque todo era cosa pasada, la cola, perseguirla, todo era cosa pasada, pero, ¡oye!, ahí, en el pasado, estaba todo lo que quería Finn.

—¿Todavía hace eso de los payasos? —preguntó Max.

—Pues sí. Creo. —Lily hacía risoterapia. Se disfrazaba de payaso para intentar arrancar a la gente, en su mayoría niños, de las garras de la tristeza. Entendía los efectos debilitantes de la zozobra, pues ella misma la había sufrido en carne propia muchísimas veces. Y sabía que una sonora carcajada podía servir para espantarla. Trabajaba tanto con niños como con adultos, e incluso se ponía unos zapatotes rojos de charol, cuyas agujetas había empleado una vez para estrangularse.

—Estoy seguro de que no es el primer payaso que intenta suicidarse —dijo Finn ahora. A fin de cuentas, Lily era una contradicción andante y entendía que podía disponer libremente de su vida, cuando le pareciera oportuno, si así lo deseaba—. Lágrimas de un payaso, chicos y chicas, damas y caballeros.

—No sé cómo te las arreglas —dijo Max. Que de pronto fuera Finn quien daba lástima en esa habitación le permitía a Max volver a sentirse como el hermano mayor protector, en lugar de verse como un hermano hundido y moribundo, así que Finn no puso impedimento.

—La verdad es que yo tampoco lo sé. Ya ni sé cómo la gente consigue hacer nada. —No iba a permitir que la garganta se le cerrara y que la boca volviera a crispársele en un rictus hacia abajo. Pero los ojos sí empezaron a dolerle, empañados. Tomó la mano de Max y la estrechó—. Siento muchísimo que estés pasando por esto. —La cabeza entera de Finn empezó a sollozar sin un solo asomo de movimiento.

Se apartó un momento para agarrar un clínex de la caja en el buró.

—¿Cómo van las clases? —preguntó Max—. ¿Novedades? ¿Demasiado *cool* para tu escuela?

—¡Ja! —Finn se sonó la nariz—. Se supone que debo dar Historia, pero también me toca dar Matemáticas porque en la maldita escuela no hay nadie que sepa darlas. —Quizá mejor no decirle que lo habían expulsado un tiempo por desviarse del plan de estudios. Aunque en realidad estaba convencido de que la sanción fue por no haber reaccionado a la mujer del director, que siempre se le insinuaba y luego, al verse rechazada, se ofendía. Todo matrimonio tenía un pequeño bamboleo siniestro en su interior.

—Tuvimos buenos profesores, ¿no? —dijo Max.

—Claro que sí. Tuvimos señoritas de alto coeficiente intelectual a las que el feminismo se llevó más tarde a las universidades de Medicina y de Derecho.

—Bueno. No quiero pasarme mis últimos días peleado con el feminismo. La verdad, no es la manera de levar anclas para encontrarse con Jesús.

—Ahora tenemos padres que se dedican a la promoción y gestión de sus hijos. Se han convertido en agentes de sus chicos.

—Un país de inmigrantes, hermano. Siempre lo ha sido.

—Supongo. Pero ahora incluso los WASP son inmigrantes. Esforzados de la peor calaña. Supongo que el esfuerzo ya estaba en el ADN del Mayflower.

—Se me hace raro que todo lo que he aprendido termine en el olvido —dijo Max con los ojos cerrados. Luego los abrió y, con la mirada extraviada, buscó a Finn—. Miro la vida y me digo: ¿de qué ha servido todo? ¿Qué voy a hacer ahora con los horarios? ¿Qué voy a hacer con la lista memorizada de presidentes, y la tabla periódica, y la cantaleta, en francés, de todos los reyes de Francia? —Tenía la voz ronca.

—A tenor de lo que he visto en mis estudiantes, todo lo que se aprende termina en el olvido. A veces solo hay que esperar un día. —Hubo un silencio mientras ambos ponían cara de pensar en ello. No hicieron ningún chiste sobre vertederos, aunque Finn trató de reunir los cabos de uno para poder armarlo. Dijo en cambio—: Me he posicionado personalmente contra las tareas.

—¿Y eso?

Finn decidió abordar sus distintos caballitos de batalla y seguir hablando.

—Solo sirven para evaluar a las familias. ¡Los alumnos están todo el día en la escuela! ¡Basta ya! Hay que dejarlos hacer otras cosas cuando están en casa. Y ¿sabes qué? Ni siquiera corrijo sus tareas, porque tendría que bajarles las calificaciones. —Finn se llevó las manos a la cara. ¿Por qué estaba perorando sobre la escuela junto al lecho de muerte de su hermano? Se sumió en un silencio apesadumbrado—. Max, hermano mío, siento mucho que estés pasando por esto, pero siempre has sido un luchador y pensé que ibas a ganar esta batalla. Te lo digo de verdad.

—Dios, creía que habías venido a alegrarme el día —dijo Max. Cerró los ojos y ambos guardaron silencio unos segundos—. Pensé que le ganaría —dijo con la voz ronca—. Pero la muerte es una maldita genia.

Finn también cerró los ojos.

—La verdad es que es una alumna prodigio.

—¿Ante ella, había alguien que no fuera un perro aplastado en la carretera?—. ¿Está ganando Cleveland?

—¡Qué mierda, Cleveland! ¿No me habías dicho que Cleveland no se había clasificado para los *play-offs*? —Max volvió a cerrar los ojos, luego los abrió de golpe y dirigió su mirada vibrátil, analgésica, al televisor atornillado al techo. El terror le abría los ojos de par en par—. Los Cubs están remontando. Míralo. Podrían ganar. Estos son capaces de batearlo todo.

—Puede ser —dijo Finn, sabedor de que no estaban hablando de beisbol—. Creo que voy con Cleveland.

—No, ¿de verdad?, ¿quieres que gane Cleveland? Pues yo también creo que voy con Cleveland.

—¿Sabías que algunos jugadores invierten mentalmente el sonido de los vítores del público para imaginar que los gritos son a su favor aunque en realidad sean para el otro equipo? Así consiguen gestionar la desmoralización.

—¡Ja! Eso mismo hago yo ahora... Cambiar los cantos del público.

—Buen título para algo.

—Para mi vida. —Max habló despacio mientras cambiaba de tema, arrastrando las palabras como lo hace la muerte—. No hablemos de la mortalidad. No hablemos de novias y esposas chifladas. Volvamos a tus clases en la escuela... Cuéntame. —Era demasiado para Max. Respiró hondo, aunque el aire no llegó hondo. El tubo de oxígeno se deslizó sobre el surco de sus labios, debajo de la nariz, y Finn se acercó para colocárselo bien. Max tenía que reunir tal cantidad de fuerza física para cada una de las frases que pronunciaba que Finn temió que pudiera matar accidentalmente a su propio hermano al no ser capaz de mantener su parte de la conversación.

Así que Finn se soltó. Creía que el PowerPoint era una tontería. Al nivelarlo todo por abajo sería el final de la civilización. Y había otras cosas que le preocupaban:

—¿Cómo vamos a convencer a estos chicos de que lo que considerábamos una buena vida lo era en realidad? ¿Cómo vamos a convencerlos de que ir a la escuela, a la universidad, trabajar, trabajar, trabajar, es lo que hay que hacer? Pero todo el mundo se lo traga. —«Salvo Lily», pensó. Pero Lily siempre fue una perversa; tenía un rasgo de carácter, una tozudez gratuita, que Finn relacionaba con la tragedia, con los adolescentes, con Estados Unidos, con los hombres, con la religión. Algunos santos también la tenían. Y ciertos héroes populares. Y mujeres misteriosas como Antígona o Simone Weil—. ¿Puedes creer que ni uno solo de mis alumnos conoce la expresión «la gran vida»? ¿Y a santo de qué deberían? Darse la gran vida es imposible para ellos, así que se ha convertido en una expresión sin el menor sentido y en nada ha terminado mordiendo el polvo. ¡Y las escuelas son zonas de guerra! ¡Detectores de metales en la entrada! Microagresiones. ¡Avisos de contenido potencialmente traumático y traumas de verdad! ¡Simulacros de tiradores activos en el kínder! ¿Mi enojo te parece suficientemente divertido? ¡Nadie sabe matemáticas! A todos se les congela el cerebro a la mínima que se acercan a ellas, como si hubieran estado crujiendo hielo con los dientes. ¡Y ahora resulta que escribir a mano es una forma de artesanía! —Estaba repitiéndose—. Así que les enseño matemáticas en clase de Historia, aunque parezca increíble. Dedico diez minutos de cada clase a las matemáticas y, de momento, nadie me ha denunciado o me ha metido en problemas, y hasta dos alumnos me han dado las gracias, así que no me quejo.

—¿Historia? ¿Eso es lo que das? —La voz de Max rozó el grito. Luego cerró los ojos un tiempo largo, y Finn vio que la corriente arrastraba lentamente a su hermano mar adentro.

Tendría que esforzarse más. Le explicó que se había hecho detective, pero sin gabardina, sin una pista a la que agarrarse, todo suspense, liderando a un séquito de alumnos. En fin, todo parecía una forma de zafarse de sus responsabilidades. Había dirigido dos obras de teatro en la escuela y se había sacado de la manga una asignatura optativa: el Álgebra del Civismo; el Civismo del Álgebra, que impartía al mismo tiempo que Introducción al Cálculo (solo él conocía el material; ni un solo profesor sabía dividir 54 por 6, o por lo menos no a bote pronto). Nadie más se había molestado en enseñárselo a los alumnos de un centro privado que ya rondaban los dieciséis años. En siete de los años que llevaba dando clases, cuando vivía con Lily, cuando estaban juntos y él creía que tenían todo el tiempo del mundo por delante, ella no dejó de meterse con él por dar clases a los ricos cuando los odiaba.

—¿Qué vas a hacer con todas tus camisetas? —le había preguntado Lily.

Al igual que Max, tenía varias con proclamas como COMPARTAN LA RIQUEZA y SALTEN CON SU MALDITO PARACAÍDAS DE ORO.

—No todos son ricos —se limitaba a responder, y sabía personalmente de tres chicos que no lo eran. Pero no odiaba a ninguno de esos adolescentes privilegiados. De hecho, los admiraba un poco y disfrutaba con ellos un montón, porque lo informaban de su mundo como si ellos mismos fueran espías de sus propias vidas y estuvieran tan asombrados como él, las fiestas en el Rockefeller Center, toda la pista de hielo alquilada para ellos solos, los viajes al lago Tahoe o a Taos. Pero sí odiaba a sus padres, cuyas vidas interiores habían quedado a medio formar antes de esclerotizarse y aquietarse. Y odiaba el mundo en el que esos chicos crecían. Cuando les entregaba los exámenes corregidos, los alumnos sacaban inmediatamente el celular para tomar fotos de las calificaciones y enviarlas a sus madres angustiadas.

—Estoy dando Contrahistoria —explicó a su hermano moribundo—. Estoy dando Historia Alternativa al Consenso y cosas a las que no llamo precisamente teorías de la conspiración, aunque, por otra parte, intento reivindicar el concepto de teoría de la conspiración. Reconquistar la noche. Reconquistársela a los bárbaros. La gente está todo el día con las «teorías de la conspiración», el «Pizzagate» y bobadas parecidas. Eso no son teorías de la conspiración. Son espejismos psicóticos. Una conspiración exige que por lo menos dos personas se hayan reunido para tramar algo, y quién carajo puede dudar de que eso pasa todos los días. Pero si desacreditas el concepto te quedas sin *rien de rien*. Para que exista una teoría, antes hay que verificar una hipótesis. Es decir, hay que pasarla por el túnel de lavado e investigar un poco. No me refiero a una alucinación política desquiciada. Lo que les digo es: «¿Chicos? Seguro que más de un chiflado estaba al tanto de esto. La sociedad aprieta el gatillo. La teoría del tirador solitario atenta contra el sentido común». Los dejo rumiar todos sus sentimientos y discrepancias. Les ofrezco espacios seguros retóricos porque la suya es la generación de los tiroteos en escuelas, y en realidad no disponen de espacios seguros, ni siquiera los cines lo son ya, así que necesitan espacios retóricos que sí lo sean, muestras de cortesía suplementarias, expresiones de nuevo cuño, amables, que amparen sus identidades. Pero también juego un poco con las «teorías de la conspiración» en el sentido que *nosotros* solíamos darles, es decir, esas teorías que sitúan nuevamente a los grupos humanos y a los sistemas en disposición de cargarle la mano al individuo. No niego ninguna tragedia, solo me muestro escéptico con la brigada de limpieza que llega después. Quiero que los progresistas vuelvan a cuestionarse todas las Versiones Oficiales. El alunizaje de 1969 o la supuesta busca y captura de asesinos, o cualquier cosa que requiera echar una miradita. Soy maestro de la sospecha. La tinta de calamar tanto sirve para escribir como para ocultar. ¿Entierros rituales en el mar? ¿De verdad? Les digo: «Chicos y chicas, ¿qué motivos pudieron concurrir para que un suceso inexplicable en Roswell fuera mantenido en secreto por el Gobierno? Un sesenta por ciento de los rusos creen que Estados Unidos no aterrizó en la Luna. En la Europa oriental ni una sola persona creía que lo hubiésemos conseguido. Pensaban que era una mentira más de la guerra fría».

—Okeey, ¿y todavía no te han echado? —dijo Max.

—Pongamos que encuentro un término medio y acepto que pisamos la Luna, pero quizá un poco más tarde, no en 1969, que podría haber sido perfectamente un montaje teatral para cumplir con el calendario que impuso JFK. Una exhibición de músculo en la guerra fría. «¿Quién se beneficia, chicos y chicas? ¿Por qué el Programa Apolo echó el cierre en cuanto los soviéticos dispusieron de la tecnología necesaria para explorar el espacio profundo?»

—¿Intentas devolverme a la vida a base de sustos? ¿Les has contado ya tu teoría de que la sífilis redactó la Constitución? Recuerdo la vez que me la contaste.

—Sí, eso fue el año pasado. Pero oye: en cuanto las mujeres empezaron a ser astronautas, ¿por qué dejamos de viajar a la Luna?

—¿Por qué?

—¡Porque las mujeres no habrían sabido callárselo! ¡Ninguna mujer ha pisado todavía la Luna!

—Te sigo. —Max parpadeó—. Más o menos.

—¿Por qué envió la NASA unas circulares en diciembre de 1968 en las que se leía: «¡Ayuda! ¡No vamos a poder cumplir con el calendario de los políticos!». El Apolo 1 había estallado por los aires en la plataforma de lanzamiento solo un año antes.

—Mmm...

—¿Y qué me dices de los supuestos asesinos solitarios? Les digo a mis alumnos: «¿Por qué motivo creen que James Earl Jones pudo llegar a Canadá y luego largarse a Londres, donde atracó un banco y una joyería cuando vio que no le llegaba el dinero que esperaba, y luego se marchó a Portugal? ¿Cómo es posible que ese asesino pudiera estar desaparecido durante sesenta y cinco días?

¿Tenía a alguien que lo financiara? Pues claro. La familia King no cree ni una palabra de lo que les dijo el FBI sobre el asunto. ¿Y el hombre en el balcón del Lorraine Motel, sujetando la cabeza de King con una toalla? Un infiltrado de la CIA. ¿Y el que sacó la foto? Uno del FBI».

—Ray. James Earl Ray. No Jones.

—¡Te he puesto a prueba! Dios mío, hermano, tú no te mueres ni por casualidad. Soy yo el que va a estirar la pata. De hecho, hazme sitio, que voy a echarme a tu lado.

—No puedo ni moverme.

—Eso nunca se sabe, hombre. —El cuerpo de Max se componía de largos huesos envueltos en una piel reticulada de azul que le sobraba por todas partes. Fibroso como un pollo de una semana destinado a la freidora.

—No he dicho nunca.

Finn se puso de pie y se echó a su lado, arrimándose al barandal metálico de la cama. Puso la cabeza junto a la de Max y empezó a susurrarle:

—Es como todas esas cosas de las que hablábamos de niños. Esto me lo contaste *tú*: La historia real nunca es la oficial. Así que tenemos que ser escépticos y usar la imaginación para mirar desde las esquinas y por encima de las paredes. ¿Y qué hago con mis alumnos? Me dedico a los puntos calientes y las repeticiones de la historia. Luego les doy matemáticas para que se reanimen un poco. —Se interrumpió—. Por eso he sabido calcular que cabría en tu cama. He hecho unos cálculos mentales rápidos con paralelogramos.

—Las matemáticas no están mal. Me gusta la historia. —No había saliva en la boca de Max. Solo el olor de un viejo mimeógrafo.

—A los niños hay que enseñarles que, si todo encaja demasiado bien, entonces probablemente no sea correcto.

—¿Y esa es la parte de matemáticas? ¿O la de historia? Ten cuidado. Tendrás noticias de recursos humanos.

—Para que un suceso sea real tiene que exhibir esa extraña imperfección y contradicción que le presta realidad. Si eliminas a los grupos, a los conspiradores, te quedas sin realidad, te quedas con un mundo ordenadito que puedes controlar. Si no entendemos el pensamiento subyacente del grupo, lo que nos cuentan resulta incompleto e insatisfactorio. ¿Podrías imaginar algún motivo que explique por qué John Wilkes Booth la tuvo tan fácil (Nueva York, Montreal) y también estuvo fugitivo bastante tiempo, once días, o años según a quién se lo preguntes, y su cadáver quizá no se identificó correctamente y es posible que nunca lo encontraran, y fue enterrado tres veces oficialmente, pero quizá nunca extraoficialmente, y jamás se lo devolvieron a su familia, algunos de cuyos miembros estaban convencidos de que seguía con vida y de que había conseguido llegar a Bombay? La Unión reconoció un entierro simulado en el Potomac, y otro un año más tarde, aunque varias docenas de personas afirmaron verlo en las décadas siguientes. Pero el país necesitaba un relato con el que cerrar el drama. Necesitaban a un chiflado, Boston Corbett, entregado a la furia, empeñado en «matarlo» a tiros, que luego enloqueciera todavía más y desapareciera sin dejar rastro. Nadie sabe qué fue realmente de Boston Corbett.

—¿En serio?

—¡El Jack Ruby del siglo xix! ¿Por qué había gente que decía que había visto a Booth y a Corbett en el Oeste hasta 1905 o el año que fuera? Así que les digo a los niños: «Chicos y chicas, damas y caballeros, ¿de qué manera creen que todas estas versiones inverosímiles pero oficiales de esos sucesos facilitan y simplifican la vida a los amos del poder? ¿JFK? Un chiflado es más simple que un asesino a sueldo de la mafia. ¿MLK? Un chiflado es más simple que un asesinato por encargo del KKK. ¿Lincoln? Un chiflado es más simple que una red de espías confederados y agentes dobles del Gobierno federal. Claro, qué oportuno que todos trabajaran con chiflados. ¡Y échenle un ojo a Stanton! Una comandita de rivales, claro que sí, chicos y chicas, damas y caballeros. Y no se olviden del pobre guardaespaldas de Abe, que dejó desprotegido el palco unos segundos para tomarse una cerveza y luego si te he visto no me acuerdo. ¿En qué cabeza cabe que ninguno de los cuatro ahorcados por el asesinato hubiera matado a nadie realmente? Los ricos siempre triunfan sobre los pobres y se las arreglan para ahorrarse los costos de las guerras que han provocado. Que ellos han provocado, que quede claro. Los dueños de las plantaciones esquivaron el llamamiento a filas, mientras que los pobres luchaban en su lugar por el derecho de ser dueño de otra persona, un derecho que ellos jamás podrían permitirse». Lo suyo de un profesor es conseguir que los chicos piensen críticamente. Tal que así: ¿qué ocurrió con las dieciocho páginas que faltan del diario de Booth cuando finalmente, a buenas horas, fue entregado por Stanton?

Finn, a lomos de sus distintos caballitos de batalla, mientras trataba de captar la atención de su hermano, notó que se entusiasmaba por momentos. Le pareció que estaba loco de remate, como ocurre cuando crees en cosas a las que nadie da crédito. Su proyecto de rehabilitación del concepto *teoría de la conspiración* era una caminata solitaria en el desierto. Añadió ahora:

—Cortesía de Lafayette Baker, que luego apareció envenenado, según se dice.

Finn se secó unas gotas de sudor de la frente con la mano.

—Tienes labia. Eso no te lo discute nadie. Pero tengo una pregunta —dijo Max en voz baja, levantando ligeramente la mano—. Con todo lo que tienen que aprender esos chicos, ¿por qué ibas a echar más leña al fuego? Me tienes preocupado.

—Yo no echo leña al fuego. Se la quito. —Aun así, le dijo a Max que incluso se cuestionaba la democracia, una idea que, aun siendo buena, el país nunca había podido disfrutar. Era tan solo performativa, como un pequeño desfile para alegrar al pueblo.

Y fue entonces cuando Finn le dijo que le habían concedido unos días de asuntos propios en la escuela. Lo habían suspendido por un montón de asuntos personales, entre los que se contaban haber rechazado los requiebros de la mujer del director, Sigrid, cuyos sentimientos había herido cuando no accedió a varias insinuaciones y peticiones lujuriosas. Estaba condenado a sufrir represalias en esa situación, tomara el camino que tomase. Una suspensión podía soportarla. Lo que no podía soportar eran las diez semanas de permiso retribuido. Un descanso. Una pequeña humillación. Pero qué carajo.

—Qué mierda. —Max exhaló un símil de aliento y sus ojos escrutaron el televisor en busca de un resultado y una entrada en el partido de beisbol—. Ten cuidado, hermano. Los alumnos cuestionarán la autoridad, seguro. Cuestionarán la tuya. Pensarán críticamente acerca de *ti* y entonces serás *tú* el que se vea con unas cuantas páginas arrancadas. —El agotamiento que suponía hablar. Hablar estaba infra y sobrevalorado al mismo tiempo—. Igual no recuperas tu puesto de trabajo. Y ¿sabes qué? —añadió Max—. Pues que no te oigan las enfermeras. Porque me gusta que me den más galletitas. Vas a asustarlas.

Finn le dio un beso en la frente.

—Como te decía, la escuela no tiene a nadie más que pueda dar Matemáticas en todo el edificio. Así que me necesitan. Volveré. ¿Quieres algo? ¿Un poco de agua?

—Mmm...

Max se quedó mirando el techo tanto rato que Finn le dijo:

—Voy a conseguirte unas fotos de mujeres desnudas y las voy a pegar ahí arriba. Pero ahora tengo que mantenerte hidratado. —Se levantó y salió al pasillo para buscar un dispensador de agua. Una máquina de refrescos. Ni loco iba a usar el agua del grifo de esa ciudad. Quizá sí se había convertido en un paranoico en toda regla.

Desfiló por el pasillo, en soledad, buscando, buscando agua, deprisa. A Lily la tenía metida en la cabeza, diciéndole: «Pregunta». El campo de fuerza de Lily: una explosión sosegada de naturaleza. Ahí estaba ella, siempre con él, aunque le gustaría mandarla a volar de un batazo. Se frotó la frente como si le doliera la cabeza, pero en realidad solo quería arrancarla de sus pensamientos.

Buscó a una enfermera. Pero quizá iba a ser difícil encontrar una cuando ya era casi la hora de comer, un momento de calma a primera hora de la tarde, perfecto para hacerse invisible. De joven había hecho una prueba de aptitudes profesionales con el resultado de que debía ser director de orquesta o enfermero. Ahora ni siquiera era capaz de encontrar a una enfermera, y menos todavía serlo. Eso sí, siempre le había gustado dirigir la música de la radio y quizá, si se ponía ahora a hacerlo delante de los altavoces del vestíbulo, aparecerían enseguida algunas enfermeras. Los destinos podían converger. Estaba tentado. Una vez había seguido un programa online de bienestar mental en el que una de cada tres preguntas pretendía de forma transparente tenderle una trampa. (1) A veces estoy triste y veo que caminar me ayuda. Sí. (2) Hablar con personas que me caen bien mejora mi estado de ánimo. Sí. (3) A veces puedo volar por la habitación, pero no se lo cuento a nadie.

—¿Enfermera?

Una mujer gruesa, de pelo castaño y tez rubicunda, con un uniforme blanco, se le acercaba.

—¿Podría traernos un juguito o algo así?

—Por supuesto.

—Además, ya que la tengo aquí... Solo quiero decirle algo. Max tiene un seguro estupendo. No hay necesidad de abreviarle el paso. Ya sabe a qué me refiero.

—No, no lo sé —mintió ella.

—Tiene derechos adquiridos con esa cláusula de funcionarios del Estado para cuidados paliativos ilimitados. O algo por el estilo. No hay necesidad de meterle prisa. Sin límite de estadía. Les pagarán muy bien por cada día. —¿No sonaba de-

71

masiado a pareado como para que fuera verdad? Pero lo era.

La enfermera no dijo nada y se metió en otra habitación donde, según pudo ver Finn, había un refrigerador y una barra. Y fue allí donde la enfermera sirvió un vaso de jugo. Que en realidad no era jugo de verdad, sino una bebida roja y brillante de origen desconocido. Quizá Gatorade. Quizá metadona. Si la metadona no te mataba allí, quizá lo harían las otras bebidas.

Max apareció de pronto a su lado.

—Me alegra que lo comentes, pero seguramente no servirá de nada.

—¿Puedes caminar por tu propio pie? ¡Pero qué carajo...!

Finn se volvió un instante y vio que la enfermera se les acercaba con la bebida roja y brillante.

—Nosotras no nos ocupamos de las camas —dijo ella—. Además, ¿a qué Max se refiere?

—Pues a este Max que tiene aquí... —dijo Finn. Pero vio que su hermano ya no estaba—. El Max de ahí abajo —dijo entonces, señalando la habitación. Cosas que pasan si se viaja con un arenero de gato en el coche.

La enfermera echó a andar para llevarle la bebida personalmente, pero Finn dijo:

—Yo se la doy.

—Perfecto —dijo ella—. No hay problema.

Volvió entonces a la habitación con el vasito de plástico lleno de matarratas rojo. Max estaba enteramente en la cama, con la nariz enganchada al suministro de oxígeno. Debajo de la sábana había un pañal empapado de orina que subía hasta acercarse a las úlceras de decúbito. No parecía forma de vivir ni de morir. ¿La civilización no tenía nada mejor que ofrecer en pleno siglo XXI? Aquello era tan interminable como un claustro de profesores.

—La enfermera me ha dado esto —le dijo a Max—. A menos que prefieras empezar con una copa de blanco.

—Nunca empiezo con blanco —dijo Max.

—Eso me parecía recordar —dijo Finn—. ¿Hay algún otro Max en esta ala?

—Sí, creo que sí.

—¿Y se parece a ti?

Max se quedó mirando a Finn y la mirada volvió a extraviársele.

—Han hablado de él ahí afuera. Intenta que no los confundan. Estoy convencido de que tu seguro es mejor.

Los ojos de Max se cerraron —una vez más la corriente lo arrastraba despacio mar adentro—, pero plantó cara y sus ojos se abrieron, se centraron y un leve flujo de sangre llegó a su cara. La Muerte era un mar y la Vida era otro mar.

Aproximarse al final era como la luz que llega de una estrella muerta: un timo. Pero Finn sabía que las estrellas rojas eran las que se morían y que las azules, por extraño que pareciera, eran las calientes y nuevas. Y Max tenía los ojos azules.

—¿Te acuerdas de cuando mamá se llevaba a casa las manualidades del otro Max?

Finn recordó que Max se lo había contado una vez. Que su madre, en la noche de padres y madres del colegio, cuando exponían ceniceros y floreros de barro de todos los niños con los nombres apuntados debajo, se había llevado el proyecto del otro Max. El otro Max era mejor artista y hacía mejores tazones, de modo que ella se llevaba las cosas del otro Max.

—Usó el cenicero del otro Max un montón de años.

—Terminó con ella.

—Pues sí. Muerte por el otro Max. Más le habría valido que no le gustaran tanto las obras del otro Max.

Finn pensó para sus adentros que estaba de acuerdo: sí, si se hubiera llevado a casa el cenicero de su hijo, lleno de almenas y huellas de dedos, habría dejado de fumar seguro. La vida era una acumulación incesante de cosas lamentables hasta que se terminaba y podías decir: «Bueno, ya está». O ni siquiera tenías la oportunidad de decir «Ya está». Pero por lo menos había alguien a tu lado para decirlo por ti en caso de necesidad. Por otra parte, lo sabía bien, los recuerdos a menudo se manipulaban antes de devolverlos a sus anaqueles. Los relatos, si se contaban suficientes veces, sustituían los recuerdos, que, una vez verbalizados, se disipaban y adquirían nuevas formas. Ocurría a nivel celular: todos éramos reescritos narrativamente. Quizá su madre, rellena, de pelo negro, fue la madre más atenta y cariñosa del mundo. Pero nadie pidió ese libro en la biblioteca. De ahí que quizá se vendiera en un mercadito de beneficencia en la calle o sencillamente se hubiera transformado en el relato que de ella se hacían ahora sus hijos: alguien que les llevó a casa demasiadas hijas de acogida. Alguien que fumaba demasiado. Alguien que habría deseado haber tenido hijas. ¿Quién podía reprochárselo? Las chicas a las que acogió en el nido familiar eran impresionantes, aunque Finn había perdido el contacto con todas ellas. Quizá los imperativos sociales de la vida siempre habían sido un misterio para toda la familia. Las hermanas de acogida habían desarrollado sus propias alas y las habían empleado para alejarse volando de su madre y de toda la familia, en realidad.

Pero su madre tampoco estaba tan mal. Había querido que esas niñas tuvieran una madre. Había sido la única persona que lo había intentado ser para ellas a lo largo de sus vidas. Y en su lecho de muerte, su madre, paralizada por un ictus provocado por un tumor, estaba preciosa, y fue valiente, y le guiñó el ojo a Finn para hacerle saber que estaba al tanto de todo.

—¿Lo ha intentado?

—¿Quién? ¿Qué?

—Lily. Suicidarse.

—Pues no sé qué decirte. —¿Qué iba a decirle?—. Ya hace años que soy su teléfono de la esperanza —dijo Finn.

—Ay, Dios.

Entre dudas, Finn le contó a Max que a Lily la habían hospitalizado el año anterior y que, privada de todos los medios para hacerse daño, joyas, jabón, fajas, nudos hechos por la fuerza con pants y sudaderas, se había metido en la regadera de la habitación, desnuda, armada tan solo con una serie de instantes fugaces de determinación, y había levantado la cara para ahogarse con el agua que caía de la regadera. Habían consentido en darle intimidad. El agua le anegó los senos nasales y los pulmones. Nadie se enteró. Sin embargo, al ver que pasaba demasiado tiempo, alguien entró en el baño y en el último segundo un auxiliar la sacó a rastras, le extrajeron el agua estrujándola y una ambulancia se la llevó a cuidados intensivos. Y había vivido para contarlo. «Esto no es vivir», había dicho ella. «Claro que lo es, carajo —había dicho Finn, tratando de azuzarla—. ¡La vida es así! ¡No es perfecta, mierda! Tampoco es una maravilla. ¡Pero es el único papel que te dan en la vida y tiene un poco de todo!» Sabía que el suicidio era un misterio y que nada de lo que pudiera decir o pensar serviría como respuesta. Era una ópera sin otro argumento que un intento de huida. Y aunque todas las óperas trataban sobre intentos de huida, en la vida real las óperas recibían una ovación final. El suicidio, en la ópera, era seguido de un ponerse de pie y hacerle una reverencia al público, de una resurrección y un aplauso.

Max se le acercó con su mano dorada y la puso encima de la suya. Finn sintió el aguijón de la pena en los ojos, como si el mundo estuviera alejándose de él.

—Lo siento por ti —dijo Max, y parecía decirlo de verdad, ¿qué maldito sentido tenía eso? ¿Cómo era posible que su hermano agónico, moribundo, volviera a sentir pena por *él*?

»Déjala morir —dijo—. O no —añadió cerrando los ojos. Se revolvió incómodo en la cama—. Lo sé: al corazón no hay quien lo entienda... Au... Este maldito catéter me está matando. En fin. —Respiró con dificultad—. Seguramente no dependa de ti.

—Quizá no.

Finn se sentía atraído patética y patológicamente por las tendencias lúgubres de Lily. A lo mejor porque la heterosexualidad en general parecía abocada en cierta medida al desastre, aceptaba el desastre con los brazos abiertos, la anulación hormonal del sentido común. Era alucinante, dadas las circunstancias, que hombres y mujeres encontraran pese a todo la manera de amarse unos a otros. Así que, cuando podías asumirlo —cuando se daba a veces en toda su precariedad—, ¿acaso el amor no era un campo de ruinas maravilloso? El amor enloquecía un poco a todo el mundo porque el amor era vacilante o abrumador, una de dos. Era imposible calibrarlo con precisión. Era exasperante. Era imposible dirigirlo de forma atinada, lo que seguramente explicaba por qué Lily se había extraviado.

Max solo necesitaba que Finn le hablara. Y Finn lo veía. Así que continuó llenando el vacío con todo lo que le pasaba por la cabeza.

—La culpa es de los medicamentos. Estaba desanimada y el médico empezó a combatir esa sensación de abatimiento con un montón de pastillas loquísimas, una detrás de otra, un caso de polifarmaceuticismo o alguna palabreja semejante para ocultar una mala praxis. La industria farmacéutica, ya lo sabes, organiza viajes promocionales para los loqueros y les regala pastillas, cortadores de pastillas, calendarios, tazas, cerillos, encendedores y ceniceros... ¿Sabías que todavía regalan encendedores y ceniceros? Es un crimen y una estafa.

Max inspiró con dificultad y sin hablar. La enfermedad te aislaba del mundo y al final reducía ese mundo a las dimensiones de una habitación, cuyas paredes vibraban y se cernían, paso a paso, lentamente.

Cuando volvieron a enchufarse con la Serie Mundial, Finn se puso a ver la tele con él. Cleveland iba por delante en el marcador. Un rato agradable para olvidarse de la campaña presidencial. El año entero estaba convirtiéndose en un año infame: de los políticos a sus partidos, de los votantes a los candidatos, de los candidatos de vuelta a los electores, de Estocolmo a los novelistas, de Bob Dylan a Estocolmo. Lo único que quedaba eran los Cubs y los Indians.

—Esas pastillas no la ayudaban casi nada, pero luego, cada vez que intentaba dejarlas, las consecuencias eran tremendas. Fue como si se hubiera trasladado a un pueblo de gente rara que ni quería darle de comer ni quería dejarla marchar. Y después no ha vuelto a estar bien. Cada neurona recibió su toque de química y su cerebro dejó de ser una animada orquesta de notas para convertirse en un triste cuartetito de cuerdas. Tocando al ritmo de la sordera de Beethoven, pero sin parecerse prácticamente en nada más a Beethoven...

Max cerró los ojos. Gimió un momento, con una mueca de dolor, al girar el cuerpo. Seguro que tenía toda la espalda cubierta de llagas y el personal ni se inmutaba porque, qué diablos, las úlceras de decúbito eran el último de sus problemas. ¡El personal era una fuerza vital! Y la vida te hacía pasar por su correa de transmisión. La Empresa de la Vida era muy presumida y no quería dejarse ver con la muerte. La muerte hacía quedar mal a la Vida. Pensó que debía volver al tema de los alunizajes, al detalle sospechoso de que el primero hubiese ido como la seda mientras que en los demás, que eran los de verdad, todo fueron problemas. Desde luego, Max pensaría que lo habían echado del trabajo por eso. Pensaría que toda esa historia de la mujer del director, Sigrid, era una patraña, incluso más que el primer alunizaje.

—¿Dónde estás, hermano mío?

—Sigo aquí.

—¿Puedo ayudarte a ponerte cómodo?

Max no dijo nada. Tenía los ojos abiertos. Nadaban en sus órbitas sin rumbo cierto.

—Voy a quedarme a ver el partido contigo. Así te alegro un poco el día. —No le había preguntado por los niños—. He omitido preguntarte por la nena. ¿Cuántos años tiene ya? ¿Dos?

—Tres.

—¡Tres! Seguro que ya habla por los codos.

—Sí. —Max soltó un suspiro—. Pero casi todo lo que dice son sandeces.

Finn se rio. «Ya te echo de menos, hermano», fue lo que no dijo.

¿Quién asistiría al funeral de Max? Los funerales se habían convertido en un híbrido entre Navidad y muerte, parientes que se abrazaban, sonreían no siempre conteniendo las lágrimas, se contaban anécdotas divertidas. ¡Divertidas! Pero, en el caso de su hermano mayor, Finn imaginó solamente una capilla vacía. Max no había ido a la iglesia y, a su funeral, le faltaría la parte navideña. Maureen se sentaría en la última fila, con la nena de tres años en brazos. Los únicos otros niños serían un hijo del matrimonio anterior de Maureen y quizá los amiguitos del cura que oficiase la ceremonia.

—Pues creo que voy con Cleveland —dijo Max cuando hubo terminado de hacer muecas de dolor.

—Son guerreros —dijo Finn—. Quieren ganar. Además, tienen a Carlos Santana en el equipo.

—No tenía ni idea de que supiera darle... a la bola.

—¡Es que nadie lo sabía! Es un milagro, tanto talento reunido.

—Eso es lo que me faltó a mí en la vida: tener talento reunido.

—¡Oye, que se te dan bien un montón de cosas! Incluso se te daba bien el beisbol.

—A la vida se le da bien el beisbol. Te lanza bolas imposibles.

—Sí —dijo Finn—. No hay otro juego como el beisbol para saber cómo va a ser la vida: bolas rápidas, errores, bolas imposibles para el *catcher*, batazos conectados en el último segundo, *strikeouts*, no llegar a la primera base, carreras limpias, carreras sucias. Bases robadas. Y eso contando solo la parte romántica. —Siguió la mirada muda de Max—. El pie de Rizzo no llega a tocar la base. Cleveland tiene que pedir que revisen la jugada.

—Sí.

—Creo que llamarlos *Indians* es una microagresión contra los pueblos nativos y por eso tengo que ir con los Cubs.

Max miraba la tele. Finn entendió que su hermano iba con los dos equipos. Los animaba a los dos para que el partido no terminara nunca y así no tener que morirse.

—¿Por qué no piden revisión?

—Ahora que lo pienso, ¿por qué lo llaman *robar una base*? Tampoco es que puedas llevártela a casa, ¿no?

—No, no te la llevas a casa, pero la ganas igualmente.

—Pero ganar no es lo mismo que robar. ¿O sí? Por cierto, no dejes que te cambien el canal de la tele y te pongan alguna película estúpida —dijo Finn—. Mira. Arrieta se muere por lanzar.

El sol se ponía, enviando su débil luz horizontal a través de las ventanas, aunque todavía no habían atrasado los relojes al horario de invierno.

—Por cierto —dijo Finn—. ¿Quién demonios era el mayor Deegan?

Max pareció poder concentrarse de pronto y su rostro se recompuso en un gesto de hermosa incomprensión.

—¿El mayor Deegan? Carajo, Finn. Que me estoy muriendo. ¿Has traído un poco de hierba?

—Te la conseguiré —susurró Finn.

—Era para ti —dijo Max, y trató de darle una palmada en el brazo con una mano flácida, pero sus largos dedos solo pudieron elevarse y caer. Se llevó el dorso a un ojo—. Tengo los ojos secos. Supongo que estoy deshidratado.

—Toma, bébete este jugo de marrasquino

—dijo Finn, acercando el vasito de plástico a la boca de Max—. Te manchará los labios y parecerás una *drag queen*.

Max le dijo que no con la mano.

—O esto. —Finn sacó un frasco de colirio del bolsillo. Se lo había recetado su oftalmóloga—. Mi señora de los ojos secos me lo ha recomendado. Levanta la cara y mira hacia arriba.

Por una vez, Max cooperó y Finn le puso una gota en cada ojo.

—¿Tu señora de los ojos secos? —dijo Max después—. ¿Tienes una señora para los ojos secos?

—Es como una canción de blues, hermano. ¿Por qué no?

Y entonces se pusieron a cantar a dúo: «Tengo una señora de los ojos secos», cantó Max.

—Sabe mojarme el ojo.

—Tengo una señora de los ojos secos.

—Con ella siempre lloro.

Max cerró los ojos, perdiendo el hilo de la canción.

—Te he echado de menos, hermano —dijo Finn. Tomó la mano de Max. No se la apretó porque sabía que él no podría devolverle el gesto.

—Yo también —dijo Max, con lo que pareció reconocer que no iba a volver a la quimio. Finn sabía que el sistema inmune de Max estaba acabado. Y que el sistema inmune, incluso cuando funcionaba a toda máquina, no se organizaba bien, era muy suyo, sin una coreografía. De hecho, era un puñado de bailarines callejeros tirados en el parque fingiendo que no se conocían entre sí.

—¿Hay algo que nos hayamos olvidado de hacer como hermanos?

—No pasa nada —dijo Max.

—¿Hay algo que no nos hayamos dicho? —Quizá Finn estaba haciendo el ridículo—. ¿Nos lo hemos dicho todo?

—Sí, casi todo. Pero ya, están pasando un partido en la tele.

Poco después apareció otra enfermera en la habitación y bajó los estores. En el partido se iban sucediendo las entradas, con gritos, mensajes motivacionales e interrupciones larguísimas, y pronto el tercer encuentro de la Serie Mundial concluyó esa noche. Max se había quedado dormido.

Finn bajó al estacionamiento a buscar el coche. Hacer esto era una actividad tan familiar que se había convertido en una pesadilla recurrente, dominada por la ansiedad. ¿Dónde estaba el coche? Ni idea, pero no tenía tiempo que perder. Y entonces un metanarrador daba un paso al frente en el sueño y le decía: «No te angusties. Solo es un sueño. No necesitas encontrar ningún coche. No es un problema que debas resolver. Solo es un sueño».

Y su yo obcecado y todavía dormido siempre le replicaba al narrador: «Pero ¿no crees que estaría bien encontrar el coche de todos modos? ¿No sería un buen ejercicio mental localizarlo en este estacionamiento?».

Y el metanarrador le decía: «Esto es un sueño. Los sueños no contienen estacionamientos reales».

Y Finn preguntaba: «¿Y el coche sí es real?». Y era en ese instante cuando siempre se despertaba, con el poso de la angustia vibrando todavía en su cuerpo.

Pero esto era la vida real y, pese a haberlo soñado tantas veces, no estaba preparado.

De vuelta al Airbnb, Finn no fue capaz de recordar quién había ganado el partido de la Serie Mundial que se había disputado ese día.

A la mañana siguiente, después de comprarse una gorra de los Cleveland Indians en la tienda de la esquina, subió en coche por la avenida de las Américas y, al llegar a la altura de la calle Cincuenta y seis, dobló a la derecha. La Torre Trump estaba rodeada de agentes de la policía de Nueva York, para la que, érase una vez, había trabajado su padre —Responsables, Corteses, Profesionales: esa era su Reanimación CardioPulmonar, así fingían que te ayudaban a respirar. ¿Quién podía respirar? ¡No podemos respirar! ¡Nadie puede respirar!—, y Finn se estacionó cerca de una señal de carga y descarga, pasada la esquina de la tienda de Gucci, y dejó encendidas las intermitentes. Los perros policía no tardarían en aparecer, un auténtico Checkpoint Charlie, pero ahora mismo no había ni un solo perro, porque Trump iba a perder las elecciones, así que hasta que se confirmara su derrota solo policías y vallas de acero parecidas a aparcabicis para impedir el paso a la gente. Levantó la cabeza para ver las esculturas del edificio: un hombre ligero de ropa enseñando un reloj con la mano, ¿no era la imagen exacta de toda la gente a la que conocía? Se metió a toda prisa en Tiffany's con la bolsa en la que llevaba la copa rota y se la enseñó al recepcionista de la entrada, que era un joven que vestía un traje ajustado de niño, en ese estilo reciente que hacía que los hombres adultos parecieran quinceañeros a los que la ropa se les había quedado pequeña. Finn pensó que esa debía de ser la idea. El recepcionista de la entrada llevaba además una bufanda de lana, de color azul claro, colgada del cuello. «La sección de cristalería está en el tercer piso —dijo el hombre, señalando el ascensor—. Tal vez alguien pueda ayudarlo allí.» La planta principal tenía un aspecto austero y sorprendentemente futurista y desnudo, como si hubieran entrado a robar. Finn esperó el ascensor, pero le pareció que se eternizaba. Así que subió por la escalera. Veintiún tramos de escalera hasta el tercer piso. Techos altos, sin duda, los del edificio. Llegó sofocado. Lo aguardaban más hombres vestidos con trajes demasiado pequeños y bufandas azul claro. Tanto complemento de invierno en octubre parecía apuntar a que auguraban unas Navidades azules en honor de las presidenciales, aunque las Navidades siempre eran azules en Tiffany's.

—¿Puedo ayudarlo?

—Eso espero —dijo Finn—. Rompí esta copa y no encuentro ningún sitio donde vendan esta línea para conseguir un repuesto. Así que he pensado que quizá la tengan aquí o podrían saber de alguna tienda donde la tengan.

El hombre abrió la bolsa y echó un vistazo dentro. Luego metió la mano y sacó un cristal.

—Mmmm... —murmuró. La puso al trasluz. Luego llamó a otro dependiente—. ¿Zig? ¿Te suena esto?

Zig acudió rápidamente en su traje demasiado pequeño. Examinó el trozo de cristal y torció el gesto.

—Nunca hemos vendido esto —dijo.

—¿Y sabes de alguien que pueda tenerlo?

—¿La verdad? Tengo un par de estos. En Pottery Barn los saldaban hace tres años.

El cristal roto fue introducido nuevamente en la bolsa.

—Gracias —dijo Finn.

Reservaría los trozos de cristal para rajarle los neumáticos a su anfitriona de Airbnb. O los llevaría a la casa y utilizaría los trocitos más pequeños para escribir «Pottery Barn».

Su hermano estaba dormido en el centro de cuidados paliativos del Bronx; una paleta de naranja derretida sobre el pecho y una botella sin abrir de

Ensure en el buró. La muerte enviaba mensajes contradictorios. Finn tomó la paleta y la dejó en el barreño que había junto a la cama. La bilis había teñido el plástico. Encontró unos clínex que empleó para limpiarle las comisuras de los labios y secarle el pecho. Luego le puso la gorra azul marino y roja de Cleveland en la cabeza, ladeada para darle un aire desenfadado. Max no se despertaba. William, en su silla, sonrió después de despegar los ojos del culebrón que veía en la tele.

—¿Es mucho problema si le cambiamos al canal de deportes? —volvió a pedirle Finn.

—Lo siento mucho. Su hermano se ha quedado dormido y pensé que podría ver...

Jonathan ya le caía mejor que William.

—Siempre se duerme a menos que dejes el canal de deportes. Dejemos que vea otra vez las jugadas del partido de anoche. Seguirá vivo mientras Cleveland consiga aguantar en la serie. Si no te importa, voy a demostrártelo. —Tomó el control remoto y puso Sports News. Estaban pasando imágenes de partidos anteriores de los Indians.

Como era de esperar, Max abrió los ojos y escudriñó el mundo por debajo de la visera de la gorra.

—Menos mal que me muero —dijo durante los anuncios—. No quiero estar aquí cuando Donald Trump sea presidente.

—Ni en sueños va a pasar eso.

—Trump ha dicho que lo que menos le gusta de sí mismo es el pelo. Las mujeres van a votar por él.

—Es imposible que terminemos con un presidente que se sale constantemente del guion. Da tantas vueltas que algún día se saldrá del planeta, como si la Tierra fuera plana y pudieras despeñarte por el borde. No te borres de la vida pensando que Trump será presidente. No te vayas con esa alucinación o entonces *sí* que me sentiré mal por *ti*. —Con todo ese desasosiego por las presidenciales, su hermano estaba hundiéndose en las cavernas subterráneas del delirio—. Márchate pensando que Cleveland ganará el campeonato. O mejor todavía: no te marches —gruñó Finn.

Cuando sus padres murieron, perdió también la oportunidad de ser su hijo maravilloso; tan cerca y, sin embargo, tan lejos: ¿cuál era el sentido de esa proximidad fallida? ¿Con su hermano ocurriría lo mismo en lo que respectaba al sentimiento fraternal? Allí, Max estaba tan demoradamente cerca del final que tal vez el final nunca llegaría del todo y podrían cultivar por fin sus sentimientos fraternales como un bello jardín, aunque, por supuesto, sería un jardín raquítico, porque habían tardado demasiado en decidirse a plantarlo como es debido.

El teléfono de Finn soltó un pitido y un pavor de bajo nivel estalló en su corazón palpitante. Antes, se preocupaba por Lily. Luego se preocupó por

Max. Ahora por los dos. Esos eran los hijos por los que se preocupaba. La gente, si no tiene hijos, suele ser más feliz, les dijo una vez a sus alumnos sin motivo aparente.

Se iluminó un mensaje en la pantalla de su celular: «Llámame, por favor».

Era de Sigrid, quien, además de estropearle un poco la vida, era una de las compañeras de Lily en el club de lectura. Le respondió: «Estoy en Nueva York con mi hermano. ¿Qué pasa?».

«Es Lily.»

«¿Qué? ¿Se fue?»

«Vuelve a casa», fue la respuesta.

«Tengo un arenero de gato y una bolsa llena de cristales rotos en el coche, además de un hermano enfermo de muerte. No puedo volver sin más.»

«Tienes que volver. Es Lily. Nuestro club tiene reunión mañana. Pero la cancelaré o la reduciré un poco. Vuelve, por favor. Es urgente.»

Finn sacó su talonario y le extendió un cheque de mil dólares a William.

El chico sonrió.

—¿Quieres ver mi firma? Así es como endosamos los cheques en nuestro país. —Y escribió «William» en el reverso con doce emes que luego contó en voz alta para asegurarse de que, en efecto, eran doce. Luego añadió su apellido.

—No lo pierdas —dijo Finn.

William se guardó el cheque en el bolsillo.

—Nunca —dijo.

Finn se arrimó al oído de Max y le susurró:

—Tengo que regresar a Navy Lake, pero estaré de vuelta en cuanto pueda. No hemos terminado todas nuestras conversaciones. Todavía tengo cosas que decirte. —Se interrumpió—. Y no en plan: «No luches más». Nunca te diré eso. —¿Quién era nadie para decirle eso a una persona?—. Así que te pido que no dejes de luchar. Necesito que aguantes, que sigas viendo la Serie Mundial. Volveré. Soy tu doula de la muerte, hermano. —Sabía que a menudo la gente moría acompañada de personas que no eran de la familia y que ocurría de manera completamente fortuita. El familiar salía a dar un paseo. O a comprar cualquier basura para matar el hambre en la espantosa cafetería. Luego volvía a subir al cuarto y el ser querido había fallecido. Confiaría en su buena fortuna para que eso no sucediera.

—No dejes que te despidan, hermano —susurró Max con la voz ronca.

—Fracaso y vacaciones son lo mismo —dijo Finn—. O por lo menos suelen ir de la mano.

Y abandonó el bardo del centro de cuidados paliativos a sus almas confinadas, las camas de acero y las bebidas de colores inquietantes. Sabía que el promedio de días en el centro era de diecisiete y que la mayoría de los pacientes morían a partir del tercero. Pero aun así abandonó a Max y se dirigió al ascensor con un sentimiento esperanzado que carecía de toda lógica. Max tendría que esperar para morirse y Max, de ello estaba convencido Finn, haría lo imposible para alargar la espera. En cierto modo, Finn pensó absurdamente que estaba regalándole una prórroga.

Volvió a su Airbnb en el NoMad y dobló las toallas que había usado y las dejó al pie de la cama. La casera se presentó en la entrada y tropezó con una de las toallas, la que tenía un hoyo.

—Ay, Dios. ¿De verdad te di esta toalla? Fue sin querer. Es la toalla del perro.

—Ya da lo mismo —dijo Finn—. Tengo una emergencia y debo marcharme antes. Puede quedarse el cambio. —Le dio la bolsa de cristales rotos y dijo—: Esto es de Pottery Barn.

La mujer no dijo nada, como si ya lo supiera.

—Le enviaré un juego nuevo, el más parecido que encuentre —añadió cínicamente, pues sabía que esos vasos los habían saldado.

Agarró la maleta, que ya tenía hecha, localizó su coche y bajó al centro, todavía con el arenero, pasó por el túnel Holland de camino a Jersey City, y encadenó horas de interestatal por cintas de asfalto aplastadas y llenas de baches, engalanadas con carteles de Hardee's y British Petroleum («Todo ello a cambio del apoyo británico a la guerra de Irak», les había dicho a sus alumnos, aunque de eso no estaba tan seguro).

Las horas pico eran agua pasada, así que pudo acelerar a sus anchas, mientras el sol de otoño cubría las colinas. Naves industriales y edificios auxiliares parecían cernerse sobre él en su visión periférica, como si fueran tráfico que accedía a la autopista, así que pisó a fondo el acelerador para dejarlos atrás. Volvería derecho a casa, estúpido como una paloma, tal y como vuela el cuervo. Se tragaría las diecisiete horas de camino por Pensilvania, piedra angular del país, por Ohio, el estado de los castaños, por Indiana, el estado de los leñadores, hasta llegar a Kentucky, las dulces tierras de Lincoln. O más bien las tierras del dulce Lincoln. Cuando les hablaba a sus alumnos de Lincoln, las lágrimas le escocían en los ojos. Una vez les leyó las cartas de Lincoln en voz alta. Pese a que su letra se inclinaba hacia abajo (Finn hacía fotocopias y las repartía en clase), esas cartas, escritas con un gran pesar en el corazón, tenían una ligereza radiante. Se le hizo un nudo en la garganta. Ay, chicos y chicas, damas y caballeros, ojalá hubiera ido a ver *Aladdín* esa noche de Viernes Santo, como había querido hacer. Pero cuando dejas salir el genio de la lámpara ya no hay vuelta atrás. A veces, cuando Finn miraba un billete de cinco dólares, tenía que guardarlo. Quizá era demasiado sensible para pagar en efectivo, o para impartir Historia. Motivo por el cual, cuando daba Matemáticas a esos niños a los que no se las enseñaban demasiado bien en otras clases, podía sentirse sereno.

Ahora estaba en la parte de los Apalaches que correspondía a Pensilvania, circulando a toda velocidad entre estrechos muros de esquisto, siguiendo el trazado de la carretera, que contorneaba cada montaña como una serpiente. Los matorrales pardos de las laderas preinvernales, cual tapete de cerdas ahuecadas, le recordaron que no se había afeitado.

Se formó una fina y resbaladiza capa de hielo sobre el asfalto que luego se derritió, dejándolo mojado, cuando la temperatura pasó del medio grado bajo cero al medio grado sobre cero. ¡Un símbolo de la mutabilidad de la materia! ¿Estaba prestando atención al simbolismo? ¡Por qué no! Poco después, pasó por unos cuantos hoteles Homewood Suites, con sus cocinas para los huéspedes, y por varios restaurantes Country Kitchen, con sus piezas de pollo sacrificado al mes de edad expuestas en vitrinas iluminadas.

Adentrándose en el crepúsculo, lejos de las luces de ciudad que todo lo enturbiaban, raudo hacia la claridad de las estrellas blancas sobre negro, intentó encontrar algo en la radio, pero la señal no llegaba bien. Había dejado vencer su suscripción al servicio de radio por satélite. Así que tuvo que contentarse con cantar *Moon River*, en la que su nombre, insinuado en la letra, había sido sustituido por «*friend*». Está bien. Sería amigo de todo el mundo, pero como lo había sido Huckleberry.

94

La vida parecía menos corta cuando conducir de vuelta a casa se hacía tan largo.

Por delante, en lo alto, entre el pavoroso intercambio de fuego de las estrellas, vio a Orión, o a Perseo o a los Chicago Bears. A saber. Nunca había sido capaz de ver Orión ni Perseo. O ninguna de las constelaciones formadas por esos cúmulos, aglomeraciones y blondas aleatorios. Suponía que los demás no mentían cuando decían que sí podían distinguirlas. «¿No la ves?» Nunca se le había dado bien atar cabos ni unir puntos con líneas. Triste realidad, pero la realidad casi siempre lo era. Durante su infancia, había pasado infinidad de noches tirado en mantas, en el campo, completamente perplejo. Parecía que había que ser radiólogo para poder leer el firmamento. Cristales rotos esparcidos en la noche: astillas de hueso y torbellinos neumónicos. Esas figuras míticas le parecían un disparate; alguien había deseado llenar esa centelleante y aterradora vaciedad con héroes antiguos extraídos de los versos estrafalarios de un grabado sobre madera indescifrable. ¿Era un brazo? ¿Era un collar? La Estrella del Perro. ¿Existía de verdad algo así? ¿Llevaba correa y se había fusionado con el Carro, un utensilio de cocina que casi nadie utilizaba ya? Tauro en realidad era el toro de Merrill Lynch. Quizá Orión fuera un mesero irlandés que sabía hacer cocteles quitándose el cinturón, dejando a Acuario en sus copas insoportables. ¡Chistes celestiales! Todo era un remolino de diamantina arrojada sobre un abrigo.

Pero, ah, la luna, pensaba, cuando podía verla, atravesando las nubes como las nubes la atravesaban a ella, tenía sustancia. Tenía un lado giboso que sabía curarse solo. Y nunca te enseñaba su cara oculta. Nunca te pedía que vieras en sus hoyuelos nada más que hoyuelos. Nadie te obligaba a ver la cara del viejo mirándote si no te daba la gana, y, si sí te la daba, ahí estaba la cara, sin tener que esforzarte, con esa «O» por boca a lo Edvard Munch. A veces podías verla brillar en un río, cuando la noche era muy muy serena.

¿Dónde estaba Lily? Una y otra vez sus llamadas iban derechas al contestador.

Se había esfumado y ahora esa citación inexplicada repicaba como una campana. Últimamente, cada vez que pensaba en ella, era en fotografías. Las fotos en las que salían juntos —sonriendo, entrelazados, con sombreros, despreocupados— eran como cualquier foto: mentiras débiles en su momento, pero colmadas de verdad y fuerza con el paso de los años. Una extraña forma de viaje en el tiempo.

Ahora, una niebla que parecía humo se formó en los pequeños valles de la carretera y el granizo empezó a cubrir de lentejuelas el parabrisas, incluyendo los turbios semicírculos de oscuridad que las escobillas intentaban abrir en el cristal, primero despacio, luego frenéticamente, cuando las puso al máximo. Unas ráfagas de nieve empezaron a aparecer en las luces largas, cayendo en diagonal, arremolinándose antes de desaparecer en la calzada. Un efecto Doppler. Se mantuvo en el carril de adelantamiento, avanzando a velocidad de miedo. ¡Ja! Pero entonces unos faros lo alcanzaron por detrás, en el crepúsculo, reflejándose en el retrovisor del acompañante, y alguien empezó a adelantarlo por la derecha, y cuando frenó un poco comenzó a patinar hacia ese coche que lo adelantaba. «El coche es mi pastor, nada me faltará. Me hará.» Para no chocar con el coche de la derecha, giró un poco el volante a la izquierda y, entonces, de pronto, se vio deslizándose a toda velocidad fuera de la calzada. Derrapó y todo se detuvo, o la percepción de todo se detuvo, como ocurre cuando el cuerpo te da tiempo para que te salves, como ocurre cuando la bola del lanzador es frenada por la mente para que el bateador pueda detectarla y golpearla si acierta. El coche dio dos vueltas, y todo empezó a moverse en cámara lenta para que tuviera tiempo de salvar la vida, pero no tenía la menor idea de qué hacer con ese tiempo, cómo dejar de patinar, y las ramas, el agua y la maleza de pronto fueron impulsadas contra su parabrisas, donde todo quedaba aplastado, como si estuviera en un túnel de lavado. El parabrisas se había convertido en un cuadro expresionista enloquecido, un mosaico cuyas teselas declaraban su secesión de la Unión. Fragmentos de una apelmazada naturaleza nocturna presionaban los costados y el cofre del coche como si quisieran echar un vistazo dentro, antes de desaparecer.

Su coche aterrizó en un campo de cultivo, mirando en dirección contraria, con las ruedas exánimes en un lodazal de nieve húmeda, con el motor muerto. Sospechó que estaba en Ohio. Si ibas por la vida sin prestar atención, podías terminar en Ohio, pensó. El coche no daba señales de vida, pero al parecer no tenía nada aplastado. Le pareció que se había golpeado la cabeza contra la ventanilla, pero no se había activado ninguna de las bolsas de aire. Se secó la frente y notó una mancha de sangre. Solo había vivido un accidente de coche en su vida, cuando su padre, que era policía, se había salido de la New York Thruway, también durante una nevada, con la familia completa a bordo. Todos se habían roto un hueso.

Abrió la puerta del conductor y salió. Se le ocurrió que podía abrir el cofre y echar un vistazo, pero sabía que no entendería absolutamente nada de lo que estuviera mirando. Sacó el celular del bolsillo y vio que no había tenido la precaución de cargarlo del todo. Si hubiese sido una noche despejada, medio imaginó que podría haber visto su coche traducido en el cielo, como una nueva constelación. A lo lejos, al otro lado de un extenso terreno en forma de rombo, había una casa de campo con todas las luces encendidas y se encaminó hacia ella, por un sembrado en el que ya se había cosechado y que ahora se hallaba en proceso de congelación y deshielo al mismo tiempo. Los neumáticos de un tractor habían formado unas gruesas crestas en la tierra, pero en el resto del campo el suelo resbalaba y tuvo que caminar con cuidado. Llamó a la puerta de la casa. Una mujer respondió:

—¿Sí?

Llevaba un abrigo tejido rojo con unos pantalones tejidos negros. No abrió la puerta del todo, pero aun así Finn pudo ver, detrás de ella, a unas doce personas en mesas de trabajo mirando concentradas unos monitores de computadora. Aquello no era una casa en absoluto, sino una oficina tecnológica de algún tipo. Aunque, ¿dónde estaban los coches de los empleados? No había ninguno en la entrada. ¿Cómo habían llegado allí? ¿Por una galería subterránea que habían excavado? ¿Y qué hacían trabajando a esas horas? Quizá hubieran llegado en la camioneta estacionada en el granero.

—Me salí de la carretera y necesito que me preste el teléfono.

—¿No tiene teléfono?

—Está muerto. Como el coche.

—Voy a llamar a la policía —dijo ella mientras empezaba a cerrar la puerta.

—Tengo el coche ahí al lado —dijo Finn, señalando el frío aire de la noche.

—Sí, lo veo. Espere allí. La policía no tardará en llegar. Y tenga, límpiese la frente con este clínex.

—La falta de humanidad de esa mujer le recordó a su madre, que había sido una de esas enfermeras frías como el hielo de las que el mundo está lleno y que seguramente el mundo necesita.

Volvió con paso cansino al coche y se sentó adentro. El arenero del gato, extrañamente, parecía haberse movido muy poco. Solo se había deslizado contra la puerta. Al cabo de unos minutos llegó una patrulla con sus luces rojas giratorias. ¿Fiesta o muerte? ¿Era Navidad o un accidente de tráfico?

—Bueno, ¿qué pasó? ¿Perdió el control del coche?

—Sí.

—Con este ya van tres esta noche. —El policía estaba redactando el informe—. La grúa ya está en camino en estos momentos.

—Gracias a Dios.

—No creo que tarde demasiado.

—¿Quince minutos?

—Quizá.

—¿Sabe qué empresa está instalada en esa finca de ahí? —Finn señaló el edificio.

—No. No estoy seguro.

—Me gustaría cargar el celular.

—En eso no puedo ayudarlo. Si su coche vuelve a arrancar, ¿tiene un cargador dentro, de esos que pueden enchufarse al hueco del encendedor?

—Sí, es posible. —Finn ya había renunciado a su celular.

—¿Ha bebido?

—En absoluto.

—Lo creo —dijo el policía antes de meterse en el coche patrulla—. Cuídese —dijo, y se marchó a toda velocidad.

Finn estaba empezando a tiritar un poco, sentado en su coche, cuando llegó la grúa, también con la luz roja encendida. Esta vez sí que parecía Navidad. Finn salió del coche inmediatamente.

—¡Qué alegría verte, chico! —dijo, y fue a abrazar al hombre, que era un tipo enorme y desdentado, vestido con un overol pringoso. Un hombre bello. Un hombre al que era bello contemplar. Le dieron ganas de casarse con él. Necesitaba un hombre así en su vida, siempre, hasta que la muerte los separase.

El hombre le sonrió también.

—Sí. La gente siempre se alegra de verme. No es un mal trabajo. Vamos a llevar el coche al arcén y vemos si arranca. ¿Será en efectivo o con tarjeta?

—Como prefiera —dijo Finn.

El hombre enganchó el garfio y la cadena al coche de Finn y lo sacó del campo.

Cuando Finn se metió con las llaves, el motor volvió a la vida como si no le hubiera pasado nada. Varios coches pasaron a su lado sin pararse.

—Yo lo dejaría en marcha unos minutos antes de volver a la carretera.

—¿Puedo darle un beso?

El conductor de la grúa se rio.

—Claro que sí —dijo—. Pero solo en la mejilla.

Finn le dio un besito y el conductor volvió a reírse.

—¡En fin, vaya nochecita! —dijo el conductor.

Finn le dio su Visa y el conductor de la grúa la pasó por el lector de su celular.

—Es que soy un besucón —dijo Finn.

—Me parece estupendo.

—También me gustan los abrazos. —Y tendió sus brazos una vez más en torno al conductor.

—Madre de Dios.

El conductor se quedó rígido mientras Finn volvía a abrazarlo. Aunque le habría gustado apoyar la cabeza en su hombro, su torso o su antebrazo, Finn se contuvo.

—El mundo está lleno de hermanos —dijo Finn—. ¿No cree? Los hay a montones.

—Sí —dijo el conductor, que ahora parecía inquieto, antes de meterse en la grúa y marcharse.

Horas de pinos grises que se alzaban sobre un cielo negro de camino a Navy Lake. Afuera de los pueblos, habían empezado a aparecer carteles electorales en los sembradíos y luego en las grandes extensiones de césped de los clubes de campo. Sin embargo, cuando entraba en las poblaciones, los jardines particulares se quedaban mudos y no manifestaban sus opiniones. ¿Qué significaba eso para Hillary? Llegó muchas horas después de la medianoche y, por tanto, demasiado tarde para el club de lectura de Lily. Un momento. Le habían dicho que el club volvería a reunirse la noche siguiente. Tomó su salida, entró en un Wendy's que abría las veinticuatro horas del día, los siete días de la semana, donde pidió desde el coche un vete a saber qué empanizado y crujiente en un pan que tenía la consistencia de un colchón viscoelástico, mientras seguía sumido en lo que parecía un mundo en cámara lenta. El firmamento, que antes le había parecido compacto, le parecía ahora diáfano, pues se diluía y emblanquecía para anunciar algo semejante a un amanecer mientras recorría el viaducto que cruzaba las aguas más someras del lago. Las carreteras estaban vacías y el pueblo, callado. La luz del día tendría que ser su noche. Entró ruidosamente en su mitad de la casa alquilada y se derrumbó en la cama y durmió en un oscuro sueño-verso paralelo en el que corría y se escondía entre los árboles. Se despertó a media tarde, que en otoño, y en Navy Lake, ya casi era hora de la puesta de sol. Se duchó, se afeitó demasiado rápido, se hizo unos huevos revueltos, y finalmente se metió en el coche y se puso en camino, despacio, hacia la casa de Sigrid, para verse con el grupo y recibir sus noticias. Llegó temprano, así que tendría que estar a solas con Sigrid un ratito. Recordó con pena el día en que Lily se refirió a las amigas que había hecho en el ala psiquiátrica con la expresión «mi club de lectura». Afuera, en su vida fuera de esos muros, había tenido un club de verdad, aunque a menudo sus integrantes no le caían muy bien. «Creen que "se la están cobrando al Hombre" —le había dicho—. No saben que el Hombre no son los *hombres*. El Hombre son ellas. Creen que, al reunirse, tomar vino y fingir que han leído el libro, están lanzando aseveraciones discretas y rituales contra sus maridos.»

Cuando intentaba pensar en ellas en términos más amables, decía: «Quieren caerle bien al mundo, creen que son listas y buenas personas, ¿por qué se preocupan tanto? A mí, esa pseudosalvación me interesa más bien poco. Yo voy por el vino».

Ahora era *él* quien se reuniría con ellas. ¿Por qué había seguido yendo Lily si no sentía ningún respeto por ellas? Le había dicho que nunca había tenido ese gen de vestuario de chicas y que creía que eso la había privado de tener proyectos verbales femeninos. «Además, ¿sabes qué hice cuando me tocó a mí elegir libro? Mi idea fue elegir biografías de asesinos, ¡para poder seguirte el ritmo!», le había dicho una vez, eufórica.

Llamó a la puerta y pulsó el timbre, las dos cosas. A la fatalidad, hay que obedecerla. Puedes ponerte un traje de payaso pero seguirás obedeciendo.

—Gracias por venir —dijo Sigrid, cerrando la puerta cuando Finn entró. No se quitó el abrigo. Ella no le había ofrecido quitárselo.

—Casi me paso de la casa. ¿No tenían un árbol grande delante?

—Se hizo viejo —dijo ella—. Y luego hubo una tormenta.

—¿Qué ha pasado?

—Será mejor que te sientes.

—Ay, Dios. —Se dejó caer en el sofá, con el abrigo puesto.

La sala, las librerías blancas empotradas, los libros de tapa dura, la artesanía de México, la artesanía de Nuevo México, ese grabado de Picasso cuyas líneas negras hacían juego con el barandal de hierro forjado que guarnecía la escalera de la esquina, los muebles en colores llamados «Alba» y «África», como si fueran amigas de infancia en primaria... En otro tiempo, había pensado que un hogar tan peripuesto, tan a medida, tan amoroso, lo habría curado todo, pero Lily y él solo habrían conseguido inyectar su difícil y no diseccionada infelicidad en cada una de las habitaciones. Las mujeres del club se reunían en esa sala todos los jueves por la noche. Él prefería ver *Frontline*, lo mismo que Lily a veces, quien siempre había dicho que quería que el tipo que ponía la voz en *off* del programa hablase en su funeral. Ahora, en esa casa, percibió odio, un aire brujeril y una vacuidad, no propia, ni siquiera de las mujeres del club, sino del universo, como si esta hubiera logrado entrar y ahora girase entre esas paredes. Brillaba en torno a las ausentes, proyectando lo contrario de una aureola, si eso tenía algún sentido, aunque las señoras del club todavía no hubieran llegado. En su cabeza, la sintonía de *Frontline* desgranaba su línea de bajo a lo *Misión imposible*.

—No hay reunión esta noche.

—De acuerdo.

—Lily lo ha hecho finalmente —dijo Sigrid.

—Ay, Dios —balbuceó de nuevo. Dejó caer la cara entre las manos.

—Volvió a cruzarse. No estaba bien.

Finn apartó las manos de la cara. Sabía que a Lily le gustaban los dorsos de sus manos. Es decir, él nunca los había observado con detenimiento, porque siempre estaba ocupado leyéndose la palma. Pero siempre la había amado de esa forma necesaria, retorcida y dolorosa. El final definitivo de Lily, aunque lo hubiera imaginado, no lo había imaginado a fondo.

—¿Cómo? ¿Cómo?

Sus lágrimas se convirtieron en témpanos de hielo, congeladas a medio caer.

—Ya te lo dije, no estaba bien.

—¿Por qué no estaba en el hospital?

—Sí estaba. Jack la llevó. Pero luego se negó a recibir visitas.

—Pero ¿cómo pudo salir?

—No salió. Los médicos no se lo permitieron.

No entendía por qué se había convertido aquello en un juego de adivinanzas. No pudo más y se levantó, con el abrigo puesto todavía.

—Saltó de la azotea —dijo.

—No.

Cerró el abrigo en torno a su cuerpo.

—Sedujo al médico para quitarle el cinturón.

No estaba seguro de haber dicho eso último en voz alta. Quizá sí lo hubiese dicho. Durante años, había vaciado los armarios de Lily, donde acumulaba demasiados cinturones, sus hebillas como las bocas sibilantes y severas de las serpientes.

—Y entonces, ¿cómo pudo morir? —Hubo un largo silencio. Volvió a sentarse—. ¿Cómo puede haber muerto? Allí te vigilan como halcones —dijo—. Te lo quitan todo. Cualquier cosa que pueda ser cómplice de la muerte. Ni siquiera hay cortinas. Fuera las agujetas de los zapatos, los aretes, los cordones de las capuchas de las sudaderas. —Quizá no había muerto. Había simulado su muerte para poder escapar de alguna forma. La encontraría. Y ella lo sabía. Sabía cómo hacerlo, y esa era la señal de que confiaba en que él la encontrase.

Sigrid carraspeó.

—La ducha.

—No te dejan tener nada en la ducha. ¿Una pastilla de jabón atada a un cordel? No lo creo. Y siempre tienen un vigilante junto a la puerta.

—Quería morir.

—Sí.

—Y el vigilante no puede con todo. A menudo se ponen de espaldas por un cierto respeto a la intimidad.

—¿Qué quiere decir eso?

—Lily tenía muchas ganas de morir.

Lo había entendido perfectamente a lo largo de los años. Eran tan pocas las cosas que podían persuadirla de albergar el deseo de permanecer sobre la faz de la Tierra. Incluso cuando se ponía el traje de payaso para animar a los demás a abrazar la vida con la risa.

—Sus médicos eran unos inútiles —dijo Finn—. Deberían haberlos quemado vivos en una plaza a la vista de todo el mundo. —Por afirmaciones como esa, Finn no tenía amigos entre la comunidad médica.

Sigrid respiró hondo.

—Puso la cara debajo de la ducha y... Se llenó los senos nasales y los pulmones de agua hasta que se ahogó.

Él no dijo nada. La mudez pareció aferrarle la garganta hasta que pudo expulsar un par de palabras.

—*¿Otra vez?*

Como había ocurrido cuando el World Trade Center sufrió un segundo impacto, esta vez apocalíptico, Finn había dicho «*¿Otra vez?*». Lily ya lo había intentado antes, y quizá en ese mismo hospital. ¿Había sido en el mismo sitio en que, cuando había ido a verla, se la había encontrado sentada, tiritando, con una bata de plástico y las iniciales de su médico escritas en la frente con plumón? ¿Se podía saber qué le pasaba a la gente?

¿Por qué no aprendían? Los payasos siempre repetían sus números. Se hundió en el sofá.

—No paraba de decir que la medicación le secaba la boca —dijo Sigrid, carraspeando para humedecerse la garganta—. Pero no era eso, evidentemente.

Sigrid se le acercó y se sentó a su lado. Su proximidad le provocó repulsión y se impulsó con los brazos para ponerse en el extremo opuesto del sofá, lejos de ella. Volvió a llevarse las manos a la cara.

—Dios mío, carajo. —Empezó a llorar.

—Lo siento.

—¿Dónde está?

—La enterraron enseguida en el cementerio ecológico...

—... aj...

—... de Verdigris. Hablaba a menudo del sitio.

—¿Y a nadie se le ocurrió llamarme antes?

—Jack estaba allí. No supimos hacerlo mejor.

Finn había sido tanto tiempo el prometido menguante que nunca había asimilado del todo ser el ex. Siempre estaba menguando. ¡Pero también podía crecer! Claro que podía. Lo había hecho. De vez en cuando, sonaba el teléfono y ahí estaba la voz de Lily y ambos volvían a crecer. Finn aceptaba todo lo que ella pudiera ofrecerle. Él no era una luna fría y furiosa. Era un círculo de luz hecho con las sobras del sol.

Sigrid continuó:

—Supongo que podríamos haberlo hecho mejor. Pero en los entierros ecológicos todo va muy deprisa. El cadáver, sin agentes conservantes, debe inhumarse inmediatamente por ley. Además, tuvieron que empezar antes de que la tierra se helara.

Finn se puso de pie, pero le falló el equilibrio. Había en él rabia, pero también derrota. Una mezcla mareante. Volvió a sentarse, absurdamente. Tenía un remolino de ideas en la cabeza.

—Me llamó, ¿sabes? —dijo.

Sigrid se le acercó en el sofá.

Él se inclinó hacia delante. Tomó una revista y volvió a dejarla en su sitio.

—¿Va a venir el resto del grupo?

—No. Esta noche, no.

—Ah, sí, perfecto. —Su alianza fingida con Sigrid era meramente táctica.

—Lily y tú nunca leían la misma página de la vida —dijo ella.

¿Qué le estaba contando esa mujer? Entonces se acordó: los demás no veían en el amor que los unía un amor correspondido, ¿y a santo de qué iban a hacerlo? Se sucedían los baches de celos, las desapariciones repentinas, los comentarios hirientes. Nadie era capaz de ver la pasión que compartían. Podía parecer cansancio y derrota, y a veces lo era, pero cansancio y derrota eran una forma de afecto. Era una pasión en paz, una adoración que se había extraviado y perdido, y que luego había vuelto a su lugar habitual, un amor en armisticio, que era imposible alcanzar sin una pequeña guerra previa. El amor que los unía era un secreto compartido, aunque *secreto compartido* era una de esas expresiones que en realidad significaban una cosa, pero también la contraria. Como *conjurar*. O *huésped*. Nadie parecía haber visto lo que él había visto, o conocido lo que él había conocido: que él y Lily eran aves acuáticas que se habían apareado de por vida, aunque a menudo llevaran vidas por separado en puntos distintos del prado o del estanque. Pero en su caso las vidas secretas no eran el secreto de la historia. El apareamiento de por vida era la parte luminosa que nadie sospechaba. ¿Acaso no eran Lily y él una sola persona partida en dos, más o menos? Su unidad era diaria y milagrosa, pero quedaba oculta a los demás. Había separación, pero también anhelo de las dos mitades que intentaban rencontrarse. Su único error había sido no pedirle matrimonio. ¿Por qué no lo había hecho? Tendría que haberlo hecho mucho tiempo atrás. Había querido estar con ella para siempre, protegerla de cualquier cosa que pudiera ocurrirle. Pero ese fracaso tal vez podría haberse remediado. ¡Jack! ¿Quién era Jack? Lo que dejamos atrás siempre es más poderoso que lo que nos aguarda por delante, que es incierto, indistinto. Lo que dejamos atrás es claro, conocido y sólido. Lo que nos aguarda por delante es una lámina, una vibración, un atisbo propulsado por una pregunta. El punto de destino se desintegra. ¿Había podido Jack hacerla feliz? Quizá Finn ni siquiera lo había intentado, al cabo de un tiempo. La felicidad no era una idea que él y Lily compartieran. Su amor era la idea. En lo que respectaba a Lily, él solo había creído en la belleza, la fatalidad y unas medidas profilácticas moderadas contra la fatalidad.

Le desagradaban las aseveraciones arrogantes de Sigrid; si no plantaba cara, podía terminar acorralado y atrapado.

—«La misma página de la vida.» ¿Es una de las metáforas del club de lectura?

—Tenían algo ustedes dos, eso lo sé, pero no era suficiente. Casi nunca estaban en armonía. Con Jack, le iba un poco mejor, pero tampoco fue suficiente.

No iba a tolerar que dijeran que no conocía a Lily tan bien como otras personas. O que con él no le había ido tan bien como con otros, Jack, sin ir más lejos. No iba a aceptar que Lily lo había timado de una forma u otra. Porque ella no lo había timado. Él la había entendido y no iba a permitir que nadie pensara que él y Lily eran una especie de pareja de mentira guisada en el programa de cocina de la tarde que él mismo se montaba en la cabeza. Su amor procedía de un manantial profundamente íntimo que, en cierto modo, era un secreto incluso para él mismo. Habían convertido un remoto encuentro fortuito —tienda de informática, estacionamiento, intercambio de números de teléfono— en algo ardoroso y operístico que, sin embargo, siempre regresaba al terreno de la indagación, tal y como solía ocurrir en las óperas.

—Es evidente que con Jack *no* le fue un poco mejor —dijo. En las discusiones, Finn tenía la propensión de mesurar las palabras con tanta precisión que dejaba de defender la idea inicial y ya solo aspiraba a tener razón en algo, lo que fuese, es decir, no estar completamente equivocado. Volvió a ponerse de pie. «Además, ¿cómo ibas a saberlo tú?», fue lo que no dijo. En su lugar, dijo:

—¿Dejó una nota?

—¿Para ti?

—¿Dejó una nota para quien fuera?

—Me parece que no.

Ese «para ti» le pareció una muestra de crueldad gratuita.

Sigrid también se puso de pie y empezó a acariciarle la manga. ¿Estaba intentando darle un abrazo para consolarlo? ¿Estaba coqueteando con él otra vez?

—Sé que es difícil. Muy difícil e inconcebible.

—No me toques —dijo Finn.

Pero ella continuó.

—Te dije que no me toques.

Sigrid se acercó a una mesa en la que había una pequeña horquilla de plástico para el pelo. Se recogió la melena por detrás, con sus reflejos dorados como guirnalda, la enrolló y se la sujetó sobre la cabeza con la horquilla. Finn sabía que no tardaría en soltarse el pelo y que caería a plomo, un remolino enmarañado en torno a su cara extrañamente conservada, con ese cutis que recordaba al queso para untar. El labial rojo hacía que su boca se convirtiera en un punto de fuga, y la empleaba para escuchar, haciendo muecas y mohínes que captaban los sonidos, un jugador de campo con el guante listo para recibir la bola, una rana cazando moscas, atrapando cada palabra al vuelo, guardándoselas en la mejilla para comérselas después. Siempre había coqueteado con él, aunque cualquier cosa que ocurriera entre ellos pudiera poner en peligro el trabajo de Finn, e incluso cualquier cosa que no ocurriera entre ellos también, si con ánimo vengativo dirigía el poder de su esposo contra Finn, y cuando el año anterior le había pedido reiteradamente que parase de coquetear con él, ella le escribió finalmente un e-mail que decía: «¡Da igual! Prefiero a mi marido. Por lo menos él pone las cartas sobre la mesa». Que ella pensara que él tenía alguna carta en esa partida, por no hablar de una mano que se cuidase mucho de enseñar, lo sacaba de quicio. «Es tu maldito marido. ¿Dónde va a poner las cartas si no?», le había escrito.

«Jack también pone las cartas sobre la mesa», le escribió ella. ¿Estaba jugando Jack con todas las flores del campo? ¿Con todo ese club de lectura medio borracho? Desde luego que sí. Jack no era más que un jugador. Y cuando ese otoño Finn desayunó con la noticia de que lo habían suspendido de la escuela, escribió a Sigrid y a su marido el mismo e-mail en el que les pedía una explicación, pero el de ella se lo rebotó el servidor. Le había cerrado la puerta durante un mes entero, pero luego empezó a echarlo de menos y volvió a abrírsela. Demasiado tarde: Finn no respondió a sus mensajes. Aunque sus e-mails siguieron llegando. Él no sabía cerrarle la puerta a la gente. «Ah, le gustas a Sigrid —le decía Lily con una gran sonrisa impostada—. Lo llaman amor no correspondido. Estoy un poco celosa...» Finn le enseñaba el dedo y ella se lo enseñaba a él.

—Te lo has ahorrado, Finn —dijo Sigrid.

—Pero ¿de qué me estás hablando?

Cuando Lily vivía, podía olvidarse de ella un tiempo y saber que la vería más pronto que tarde, pero ahora que estaba muerta ocupaba todos sus pensamientos, como un vapor tóxico. Era imposible escapar de ella. Pero no, ¡no estaba muerta! Todo eso era una representación de algún tipo. Ya había ocurrido un par de veces. Era otro de sus arrebatos incomprensibles. ¿Cómo era posible que no lo entendieran? De pronto se preguntó si Sigrid era responsable de la muerte de Lily. Por enterrarla prematuramente. La había asesinado con sus manos.

—Te lo has ahorrado porque... —Sigrid carraspeó para engullir la flema que siempre parecía tener en la garganta cuando hablaba—. Dicen que no mires el cadáver cuando se lo llevan de la casa. O del edificio. No lo mires ni una vez. O se te quedará grabado con fuego en el cerebro y se convertirá en una fuente inagotable de dolor.

—¿Quién te ha dicho eso? —preguntó Finn.

—Lo dicen.

Finn no preguntó quién lo decía. Se agarró el pelo, angustiado.

—¿Por qué la enterraron tan deprisa?

—Ya te lo dije. Es un requisito del cementerio ecológico que había pedido en su testamento. —Finn no sabía nada de ese testamento—. Además, venía una gran helada y no podrían haber cavado la tumba.

—¿En octubre? —Se sentía espeso. Toda la información le llegaba dos veces.

—El lago había empezado a congelarse. Creo que anoche oí cómo se resquebrajaba el suelo. Aunque seguro que no lo oí bien. De todos modos, ya sabes lo tempranero que es el invierno aquí.

—Hasta George Washington tenía miedo de que lo enterrasen vivo. Pidió que esperasen tres días. ¡Ustedes solo esperaron uno!

—Que no se diga que no eres profesor de Historia.

—¿No sabías que a algunos muertos los entierran prematuramente y luego se encuentran arañazos en la tapa del ataúd?

—¿Insinúas que Lily pudo replantearse que quisiera morir?

—Siempre se replanteaba que quisiera morir. ¿Y quién no? Lo hace todo el mundo.

Un largo silencio desdeñoso.

—No hubo tapa ni ataúd. La enterraron de manera sencilla, en un sudario.

—¡Pero no la enterraron con unas tijeras! ¡Unas tijeras para que pudiera liberarse!

—Por el amor de Dios.

—¿Amor? ¿De verdad piensas que es amor? ¿En qué sitio está del cementerio?

Sigrid permaneció callada durante un buen rato.

—Allí no dejan marcar las sepulturas con nada que no sea natural y compostable. Yo le puse una toronja muy grande. Entera. Grande y amarilla. Es posible que todavía puedas verla. Hay una especie de claro entre los árboles...

—Sí, siempre hay un claro entre los árboles.

Finn volvió a sentarse y Sigrid se sentó de nuevo a su lado.

—Ay, Finn.

—¡Apártate de mí! —Sacó un brazo y, sin querer, le dio un golpe en uno de los suyos. Recordó por enésima vez los mensajes románticos con los que Sigrid lo invitaba para verse y las respuestas que él le enviaba de «Por favor, no me hagas esto». Fue entonces cuando Sigrid lo bloqueó y sus ruegos le volvían rebotados como si se burlasen de él. Luego, la expulsión temporal del trabajo.

Sigrid le lanzó ahora una mirada asesina. Había cambiado de canal. Tenía un rictus duro y crispado en los labios. Una mitad de su boca dibujaba una coma rarísima.

—Supongo que fue duro para ti ver cómo Lily te dejaba por las buenas para hacerle felaciones a otro hombre.

Finn juntó las manos en un gesto a medio camino entre el aplauso y la plegaria. La miró a los ojos, en los que había hecho presa la inquietud.

—¿Felaciones? ¿Ahora me vienes con cultismos? —preguntó.

Ella ladeó la cabeza.

—Voy a preparar un té. ¿Lo quieres con teína o sin ella? ¿Limón?

Él no contestó. Sigrid dudó antes de ponerse de pie y encaminarse a la cocina.

—Lily no es una creación tuya —dijo—. No es un personaje en una obra de teatro que te hayas inventado.

Finn se levantó bruscamente y se marchó.

En el coche, llenándolo, el olor de una naranja vieja que había traído de Nueva York, y de la grasa del Wendy's, además del olor a albahaca y carne del arenero que se deslizaba a un lado y a otro cada vez que tomaba una curva. El coche parecía extraviarse por su cuenta y luego encontrar el camino, también por su cuenta. A duras penas podía decirse que lo condujera. Más bien solo se agarraba a él. No iba a permitirse contemplar esa nueva vida sin Lily: cada vez que pensaba en esa dirección, no encontraba luz ni nada que creciera. ¿La ruptura entre Lily y él había encontrado su colofón ahora que uno de ellos había muerto? Esos eran los disparates que pasaban flotando por la parte frontal de su cerebro como una avioneta fumigadora con una pancarta publicitaria colgada de la cola. Cuando encontró el cementerio, el ocaso ya empañaba el horizonte. ¿Habían atrasado los relojes? Les habían restado una hora a todos los relojes de su vida. La oficina del encargado del recinto había cerrado a las cuatro y media. Pero la verja junto a la carretera no estaba cerrada y Finn había podido entrar y llegar hasta el estacionamiento más cercano.

¿Cómo iba a encontrarla en ese campo desquiciado, sin indicaciones, que hacía ostentación de sus desapacibles y desnortadas virtudes mediante la renuncia al metal y la piedra? Necesitaría una brigada de adivinos. Iba con la naranja de Nueva York en la mano, y se la guardó en el bolsillo del abrigo. Erraría por la hierba muerta, buscando una zanja reciente, y dejaría la naranja encima, como un homenaje fúnebre y orgánico. Le daría una patada a la toronja como si fuera un balón de futbol. Haría que su naranja oficiara de centinela sobre el invisible manzano que en esencia era ella. Manzanas y naranjas: si eso era lo que habían sido, pues que así fuera.

Erró y no vio ningúna toronja. Metió la punta

del pie bajo un complejo depósito de hojas apelmazadas sobre una alfombra de calicó. Solo Dios podía saber cuántas personas se habían disipado bajo sus pies. Su bota hizo fuerza contra la tierra para ver lo dura que estaba. Un poco de lodo se adhirió al cuero, más seco que mojado, aunque contenía, sin embargo, cierto grado de humedad. Había alguna posibilidad. ¿El anochecer le daría luz suficiente?

La luna, que había errado siguiendo el camino del sol fugitivo, vio revelado su ocultamiento, suspendida detrás de las nubes de otoño, luego delante, como si quisiera esquivar a un perseguidor con una linterna. Hubo un ruido de hojas detrás de él. Oyó una voz que decía: «Esperaba que no tardases en llegar».

De pronto sintió el latido de su corazón en los oídos. «¿Qué triste treta es esta?» Una cita que no remitía a nada, pero que ambos decían a veces de todos modos.

Y así la dijo ahora, como una contraseña. O quizá una pregunta de seguridad, como el nombre de tu primera mascota o el apellido de soltera de tu madre. Solo que le salió como un simple «¿Qué?». Un dolor espantoso se elevó en él y lo hizo voltear.

Ahí estaba Lily, de pie entre las margaritas muertas, sosteniendo una gran toronja cual globo terráqueo, cubierta por el sudario, ese vestido asqueroso que la envolvía como un capullo de seda. Parecía haber emergido de una neblina que todavía se arremolinaba a sus pies. Debajo del sudario llevaba una pijama blanca, de hospital. Con su postura de siempre, pero levemente escorada (¿o había inclinado él la cabeza?, porque le pareció por un instante que Lily perdía el equilibrio, ondulando como una lamprea o como un muñeco inflable en una concesionaria de coches), conservaba la orgullosa, extraordinaria capacidad de adivinación de un árbol, a la misma altura que el tono manzana, entre el rosa y el dorado, de su pelo. Decidida. Deshecha.

La desquiciada muerte aún no había hecho de ella una desconocida.

Le sonrió con la boca llena de tierra, su rostro todavía poseído de esa turbulencia radiante tan suya, aunque acuosa, como si no estuviera viendo su cara sino su reflejo en un estanque. Sus ojos eran los botones de hueso muerto de una camisa de vestir blanca. Entonces, de pronto, el color, su gris verdoso, los llenó como el agua.

—¿Por qué no pudiste venir? —le preguntó ella.

«Mi hermano estaba enfermo», fue lo que no le dijo, aunque tal vez hubiera debido.

—No te cosieron el sudario —dijo en cambio. Miró detrás de ella y luego detrás de sí mismo para ver si alguien estaba enterado de lo que ocurría.

—Sí, algo así como una provocación. Nunca he sabido resistirme a las provocaciones. Supongo que soy como la mala hierba —dijo. Se sacudió unos trocitos de hojas de las manos—. Nunca muero.

No supo qué decir. Mirarla le había quitado el habla. Estaba tan pasmado que no podía pronunciar palabra.

—Te doy un poco de hierba si me cuentas lo que piensas —dijo ella.

La lividez había amoratado el lado izquierdo de su cara. La habían enterrado con prisas, de costado. Su peinado tal vez había perdido parte de su proporción y su lustre, pero siempre había sentido debilidad por su pelo, daba igual cómo lo llevara, incluso cuando se ponía la peluca de payaso.

Lily insistió.

—Los payasos solidarios son unos escapistas natos. ¿Te acuerdas de ese brindis que hacíamos? ¿«Que la tierra te sea leve»? No volvamos a pronunciarlo nunca más. —Dejó caer la toronja al suelo, se secó la frente con el dorso de una mano y tocó el sudario, que le hacía una capucha a la altura de la clavícula—. Esto es como una bufanda infinita que ha salido fatal —dijo antes de levantar la vista. En este caso, *infinita* quería decir con una torsión. Que la había llevado por mal camino. La habían enterrado con sus zapatos de payaso. Asomaban bajo los pantalones blancos destrozados como unos esquís acuáticos. El silencio descendió sobre ellos como si cayera de una campana de cristal—. Supongo que ahora debería soplar un viento huracanado.

Finn se aclaró la garganta.

—Creo que sí sopla. —Pero el aire apenas se movía. Las hojas correteaban unas encima de otras como cangrejos—. Te ves increíble para estar muerta. —Imaginó que en ese instante ella iba a abordar, con el rigor debido, una propuesta en la que le anunciaría todos sus temas. La resurrección. La desesperación. La sorpresa. Él sabía que las zarigüeyas y los pájaros a veces fingían sus propias muertes.

Lily se encogió de hombros. O hizo algo parecido con los hombros.

—Supongo que la muerte es como un espectro.

—Eso parece —dijo Finn.

—Capitalismo tardío. —¿Qué diablos significaba eso? Quizá significaba que la muerte en realidad sí costaba dinero, que en la vida de ultratumba, como en la vida de aquí, seguían cobrándote por las cosas—. ¿Sabes algo del gato de Schrödinger?

Finn sabía que la historia iba de que los muertos y los vivos se acuestan juntos. Sin embargo, dijo:

—¿No es esa historia de que decir algo equivale a destruirlo?

—No, a los gatos eso les da igual.

—¿Pretendes decirme que eres un experimento mental?

—Ay, Finn. Eso lo has sabido siempre. —Una vez más, como un árbol zarandeado por el viento, sus palabras eran los golpes de manzanas que caían al suelo—. ¿Pensaste que me había olvidado de ti? —preguntó ella.

—No. —No tenía ni idea de lo que había pensado. Todo parecía revuelto e inestable. Estudió los jeroglíficos de sus ojos, que todavía mostraban algo parecido a una preocupación despreocupada, parpadeando como una señal de advertencia que también era una lámpara de discoteca. Su hombre, Jack, no había logrado expulsar todo el enojo que había en su mirada. Aún quedaba de sobra para todo el mundo.

—Pues te ves muy bien —dijo él, mintiendo un poquito. «He oído que el agua es un agente conservante muy efectivo», fue lo que no le dijo.

Miró con disimulo la adorable veleidad de su gesto, también el asomo de una triste treta, como si Lily estuviera sospechando que la gente de *Cámara escondida* estuviera a punto de aparecer. En todos los años desde que la conocía, su mirada muy pocas veces había perdido el interés por las cosas. No habitaba en ella el repudio por la vida. El repudio por la vida se expresaba en casi todas sus demás facetas.

—Pues muchas gracias. Aunque creo que me he descuidado un poco. —Sin enseñarle los dientes, sonrió y continuó quitándose la tierra de la boca con el dorso de su mano larga y fina—. Los gusanos todavía no me han cazado. Puaj. He encontrado uno. —Lo apartó con la manga. Algunas larvas se quedaron adheridas a su mejilla como a una ciruela. Lily parecía a un tiempo siniestra y cómicamente benévola, como si el pasado y el presente se hubieran cerrado sobre ella, quebrándola solo un poco.

Finn no podía parar de carraspear.

—Así que... no estás *profundamente* muerta.

Lo había sospechado desde el primer día —¿acaso no era ella el ingenio personificado?, ¿acaso no era él capaz de detectar una conspiración en cuanto la veía?—, y el júbilo, insoportable y atroz, de saberlo estalló en Finn como una salva de luces ardientes.

—¿Te lo parezco? —Su sonrisa le causó la misma impresión de siempre, en toda su convocada amplitud y lividez—. Supongo que estoy en posición adyacente a la muerte. Así que es posible que se precipitaran conmigo. La gente tiene mucha prisa cuando quiere hacer bien las cosas. Imagino que soy uno de los pocos embrollos que quedan pendientes en estos andurriales biempensantes.

—¿Cambiaste de idea?

—Los cambios de idea son mi superpoder.

Finn soltó una carcajada breve por la nariz. Intentó que la amargura no la contaminara.

Ella miró al suelo y dio una patada a la neblina, quizá para localizar la toronja.

—¡Dios mío! Me enterraron con mis zapatos de payaso. —Sus zapatos de payaso eran en realidad unos Oxford de hombre con unas extensiones flexibles pegadas pintadas de rojo manzana y unas agujetas que imitaban bastones de caramelo.

Finn se sumió en la desbordante y afectuosa añoranza que siempre podía concitar para ella. Estudió su postura ligeramente cambiada. Exhibía una expresión y una actitud corporal de desequilibrio pese a su arboreidad.

—Las agujetas son un bonito detalle —dijo él—. Creo que todo el mundo ha perdido un poco la cabeza, pero la verdad es que son un bonito detalle. —Esos zapatos blandos eran desde luego absurdos, pero también le daban una sensación de familiaridad porque se los había visto puestos muchísimas veces. Sin embargo, el gusano blanco que se retorcía ahora en su cuello era algo nuevo, como lo era también el pececillo de plata que retozaba en su pelo.

—Lo siento. Las operaciones encubiertas también son uno de mis superpoderes. Y ¿sabes? Tienen un potencial cómico increíble. —Frunció los labios—. Ese fue el tema de la tesis que hice para que me dieran el certificado de payaso terapeuta.

—Sí, bueno, quizá no todas las formas de comedia sean tan terapéuticas como esos cursos no se cansan de decir.

—Los niños sí lo entienden.

—Pues claro que los niños lo entienden.

Ella empezó a estudiarlo también. Una de sus manos blandas, color lavanda, colgaba a un lado mientras que la otra se aferraba al sudario como si fuera un chal. Su cuerpo parecía haberse acomodado, como se dice que ocurre con el contenido de

126

las maletas durante un vuelo. Había un aplasta-
miento y un retorcimiento, nuevos ángulos y una
ligera joroba.

—Pues tú sigues muy guapo, debo decir.

—Pierdo pelo —dijo Finn, palmeándose la
cabeza angustiado.

—Llevas toda la vida diciendo lo mismo. Y
solo contiene una pizca de verdad. Además, este
pelo te da un aire distinguido.

—Me lo corto.

—Bueno, sí. Ya sabes que no está bien cortarse
el pelo cuando la persona a la que amas está en alta
mar.

Finn también podría haberle comentado que
no había tardado nada en afeitarse. Se rascó el
mentón.

—Casi ha pasado un año —dijo. Después de
una década viviendo juntos, no la había visto desde el día de Año Nuevo—. No sabía dónde estaba
mi amada. No sabía en qué mar.

—¿Acaso no debería haber proseguido con mi
existencia?

—Me dejaste prácticamente tirado, Lily, como
la cola de un cordero, a la que se pone un torni-
quete y se deja secar para que se le caiga.

—Yo era la colita del cordero.

—No, Lily. Tú eras el cordero. —Hubo severi-
dad en su voz—. Fuiste el cordero que se marcha.

—Sí, bueno, a lo mejor fui la oveja negra. Y supongo que ahora soy la tonta útil de la muerte.

La muerte se aburre y a veces quiere viajar. ¡Pero mira esto! —Se apretó el abdomen con una mano—. Imagino que encontraron mi tarjeta de donante de órganos. Es muy posible que me haya quedado sin hígado. —Apartó a un lado el sudario blanco y desveló un vendaje ensangrentado.

—¿Lo dices en serio?

—Será mejor que no beba.

En las cenas, tiempo atrás, Lily a menudo gustaba de hablar con las personas que tenía a lado y lado y empezaba a beberse su vino. Al rato, las tres copas de vino estaban alineadas en torno a su plato, todas ellas marcadas con manchas de su labial en los bordes.

—Yo beberé por los dos —dijo Finn—. No es problema.

Ella siguió sacudiéndose la tierra de las mangas.

—Perdóname. Lo más elegante habría sido cambiarme de ropa antes de verte. Lo siento. ¿Me están creciendo hongos en los ojos o algo así?

—Tienes la mirada limpia.

—Eso está bien. Es la impresión que me da. —Jaló varios mechones de su pelo para apartarlos de su frente con dos dedos largos y sarmentosos.

Él se aclaró la garganta y cambió el peso de pie.

—¿Sigues en Facebook?

Ella se quedó callada un momento.

—¿Eso es lo que tenías que decirme?

—No, hay otras cosas.

—Pero ¿no te hace ilusión verme, Finn? He tenido que esforzarme bastante, la verdad.

Aunque sus dientes y sus labios tenían el tono negro azulado de un bebedor de merlot, como si en el inframundo hubieran estado de juerga, su rostro conservaba la misma belleza de siempre. Era una cara cuya ocasional vulgaridad podía virar instantáneamente a la sencillez o, en otras ocasiones, si llevaba el pelo recogido encima de la cabeza y lucía el sol, alcanzar unas cuotas de belleza y luminosidad inconcebibles. Tenías que pasar tiempo con ella para poder disfrutar del espectáculo. Su faceta *manzano* parecía haberse mezclado ahora con su aspecto caballuno: el fleco equino con púas rectas y desordenadas, hundidas en sus grandes ojos videntes que no tenían ángulos ciegos salvo los propios de un caballo, justo delante y justo detrás; era precisamente ahí donde, por desgracia, Finn siempre había estado situado con respecto a ella. Nunca logró ganar sus flancos.

—No dejaste una nota.

—Finn. ¡No me vengas con notas de suicidio! Todo el mundo sabe que son una tontería.

—Bueno, está bien. Todavía estoy intentando entenderlo. ¿Aguantaste la respiración y te hiciste la muerta? —La muerte era quizá como un combate de lucha libre: el árbitro podía estar de rodillas, con las manos en el suelo, observando de cerca la llave, pero dar la palmada en la lona antes de tiempo. Sabía que en los ahogamientos a veces el latido y el pulso eran tan débiles que no se podían detectar. Se obligó a poner una sonrisa rápida que posiblemente pareció asustada o mezquina, aunque esperó que no fuera el caso.

—¿Vas a darme una conferencia TED sobre mi retorcido mundo interior? —Lily se interrumpió—. O sea, lo que digo es que no tengo el gen de la modorra prolongada. —Luego repitió, con un hilo de voz—: Finn, ¿no te hace ilusión *verme*?

—¿Ilusión?

¿Se esperaba de él que celebrara el momento con su coreografía de baile giratoria con la que tantas veces la había obsequiado en su remota juventud? Toda fuerza verbal, todas las invenciones, se le vinieron abajo. Lo consumía una sensación de desnudez, la perturbadora añoranza que a través de los años había sentido por ella, la impresión de verse fuera por completo de su propio cuerpo, su corazón saliéndole disparado por el cogote. Todo ello desapareció como había llegado y pronto volvió casi del todo a su cuerpo para retomar el papel de tonto del pueblo. Y luego no. El estacionamiento de asfalto sin un solo coche que a veces se instalaba en su pecho, como un edificio bombardeado durante la guerra que luego se convertía en un solar pavimentado, salió volando y desapareció. La nieve caía callada.

—Ay, Dios, Lily. —Dio unos pasos dubitativos hacia ella. No quería parecer furtivo o indeciso en su aproximación—. ¿Ahora mismo? Soy el hombre más feliz del mundo. —Ansiaba tocarla, pero no quería asustarla a ella ni tampoco a sí mismo. Se quedó inmóvil y retomó una pose de indiferencia, la mejor que fue capaz de recordar—. También estoy contento por el dinero que voy a ahorrarme al no tener que encargarle a un pintor que te haga un retrato mortuorio a partir del salvapantallas de la computadora.

—¡Ja! —exclamó ella.

De hecho, Finn había cambiado la foto de Lily que tenía en el salvapantallas por una de Hillary Clinton, pero eso no iba a decírselo. Tampoco le hablaría de los regalitos que había visto en distintas tiendas y le había comprado, cosas que sabía que le encantarían, pero que ella jamás se compraría o nunca volvería a encontrar, cosas con las que quería ponerla contenta y sorprenderla y que luego entendía que no tendrían ese efecto, de modo que siempre guardaba los tickets y las devolvía. Así que, por ese lado, también se había ahorrado algo de dinero.

Tampoco iba a decirle lo furioso que estaba con ella por su muerte ni que en los años anteriores había tenido momentos en los que había deseado que se saliera con la suya, que lo hiciera de una vez y que no le diera tantas vueltas, que no se pusiera tan dramática y que no le metiera todo ese terror en el cuerpo. No iba a decirle cuántas veces lo había dejado sin un gramo de energía hasta el punto de pensar: «Bueno, muérete entonces, si eso es lo que necesitas». No le comunicaría que ella y su enfermedad, que había vivido dentro de Lily como una mascota exótica y venenosa, lo habían reducido a la impiedad. Y aunque se había recuperado, a menudo se le hacía muy difícil perdonárselo todo, perdonarle aquello en lo que ella se había convertido y aquello en lo que lo había convertido a él.

Pero ahora solo dio un paso hacia ella.

—No —dijo Lily, dando un paso atrás.

—¿No puedo abrazarte? —Su corazón, una criatura desquiciada y enjaulada, se lanzó contra el costillar.

—¡No! —dijo ella—. ¡No estoy segura! Creo que no... no.

Leña de manzano ardiendo a finales de otoño en el aire. ¿Era la carne de Lily lo que olía? Los copos de nieve seguían cayendo calladamente del cielo como en el tercer acto de *La Bohème*. Se acumulaban en los hombros de Finn formando charreteras. Quiso tirarse al suelo y clavarse un cuchillo en el ojo. Congelado, sin dar un paso, sintió una agitación interior; el llanto que llevaba por dentro salió al exterior. Notó que la boca se le dilataba formando una gran línea horizontal y empezó a sollozar. Y entonces también lo hizo Lily, a la distancia que ella misma había impuesto. Sus llantos quedaron suspendidos en el aire y luego se dispersaron entre ellos. Finn se le acercó despacio, maquinalmente.

—¡No! —dijo ella de nuevo. Quiso cambiar de tema—. ¿Sabías que *argolla* significa «vagina indeseable»?

—Te he echado de menos.

—Gracias. Quizá el amor verdadero encuentre dificultades en la vida, pero sabe surcar la muerte bastante bien.

Volvió a dar un paso hacia ella y esta vez Lily no retrocedió y enseguida se le echó encima, y él la abrazó con una emoción profunda e innombrable, pisando sus zapatotes inmensos, las manos en su pelo, las mangas del abrigo en torno a su delgada, fría y embarrada vestimenta, que no se le hizo extraña porque olía a su perfume de siempre. Lirios e incienso sobre el flamante aroma coriáceo de su piel. Quizá su viejo perfume la había conservado. Alguien debía de habérselo echado. En los brazos de Finn se despertó la memoria muscular de ella, o quizá fue el recuerdo de la memoria muscular lo que se le despertó. Las manos finas de Lily, con sus venas azules ramificadas, empezaron a moverse por todo su cuerpo. Su roce era un bálsamo. El desquiciado morir aún no había hecho de ella una desconocida. Labios engarzados, dientes que chocaban, lenguas extraviadas en el encuentro: su llanto compartido se hizo cada vez más sonoro, presa de la confusión y la deslealtad.

—¿Qué pasó?

El aire se llenó de frases ahogadas, agónicas,

que se atascaban en sus gargantas para luego escapar, volar en círculos, flotar.

—¿Qué quieres decir?

Durante las pausas las palabras parecían amortiguadas, terminadas, pero no lo estaban.

Al diablo con Sigrid y su club de lectura: Lily y él siempre habían leído la misma página de la vida. Siempre habían estado en la misma onda. Formaban parte de un entrelazamiento cuántico. Eran acciones espeluznantes a distancia, una auténtica teoría unificada del universo. Eso era todo lo que sabía de física teórica y quizá del amor.

—Pero ¿qué hiciste? —le preguntó—. Tomaste tu única vida mortal y la echaste por la borda.

—No es eso lo que parece.

—Pero quizá sí. —Le quitó un bicho apestoso de la manga—. Busqué una señal tuya por todas partes. He visto tu cara en las nubes, en manchas de petróleo, en charcos y en cortinas de lluvia...

Ella cerró los ojos.

—Ay, Finn, no nos pongamos poéticos.

—¿Qué hiciste?

—No estoy segura —dijo ella. La angustia tensaba su rostro, apoyado en el abrigo de Finn, con la boca aplastada contra su manga. Se apartó lo suficiente para que él no pudiera tocarla, como si estuviera estrenando un tono de voz nuevo, brillante—. A ver, en el teatro infantil casi siempre se pide la participación del público: dejas vacíos en la obra para que los niños puedan aportar. —Se quedó callada—. ¿No intentaste olvidarme? —preguntó.

Finn, sobresaltado, dio un paso atrás, aunque mantuvo la misma distancia prudente que ella había tratado de imponer.

—¡No me diste tiempo! —gritó. Miró a su alrededor como si se hubiera olvidado de dónde había dejado algo. Luego volvió a mirar su cara preciosa, pero no especialmente sana—. Tus silencios sepulcrales en la obra. Supongo que no supe calar al público.

—Lo siento muchísimo —dijo ella—. Puedes marcharte y decir que nunca me viste.

—Creo que a estas alturas sería imposible.

—Nada es imposible.

—¿Qué es este sitio abominable?

—El cementerio verde —dijo ella—. Un poco en plan Keep America Beautiful, supongo. Muy medioambiental. Si te... te gusta el medio ambiente. Y quieres fusionarte con él.

—¿La incineración no es verde?

—La incineración es muy drástica. —Finn la estaba obligando a seguir en la conversación.

—¿Porque podría disuadir a los pretendientes? Lily se quedó mirándolo.

—¿Demasiado reductora?

—Las urnas, sí. Es muy difícil hacerse con una. Además, la incineración produce un montón de emisiones de carbono. ¿Y esparcir las cenizas? Basura.

—Creía recordar que habías pedido la granja de cadáveres... Esa que estaba cerca de Alabama o por ahí, ¿no? ¿Los dos, con nuestros banjos sobre las rodillas? Pensé que íbamos a hacerlo los dos porque nuestros padres habían trabajado en la policía y queríamos contribuir a la ciencia forense, y etcétera, etcétera, etcétera...

—¿Se puede saber qué te pasa? —dijo ella, avanzando nuevamente hacia él. Estrechó con dulzura la cara de Finn entre sus manos.

Él se apartó de nuevo.

—¿Que qué me pasa *a mí*? —No iban a aclarar nada a la luz de la luna. No se encontraban en un prado mágico—. Primero: ¿este *sitio*? Tiene una oficina de atención al público. Tiene una oficina de atención al público que está cerrada, de modo que no pueden facilitarte un mapa de las tumbas anónimas. ¡Un mapa de las tumbas anónimas! ¡*Eso* es lo que me pasa, Lily!

Ella miró las ramas que colgaban bajas de los árboles.

—Sí, supongo que no estaría mal poner una serie de lucecitas en forma de chiles.

—Segundo: estás cubierta de tierra. Estás completamente embarrada.

—Supongo que hice un poco incómodo el sitio que se me concedió en esta fría tierra de Dios y ahora me pagan con la misma moneda. —Volvió a limpiarse el sudario con la mano—. Quizá no ha sido un despertar tan maravilloso después de todo.

No he encontrado el flamante *modus operandi* al que aspiraba. Solo una criatura más en el necroespacio. La resiliencia y la creatividad no brillan en mí como esperaba.

—Tienes pegotes de nieve y de cosas en el pelo. Por cierto, tu pelo parece un enorme guante de lana deshilachado. Tus signos vitales no son muy vitales que digamos, pero ¡sí! ¡Sí! La pregunta es que *qué me pasa a mí*.

—No fuiste mi centinela.

—¿Que no fui tu centinela? ¡Es lo más ridículo que...

—... No, no me...

—... que he oído en mi vida!

—... no de verdad, no fuiste mi centinela de verdad.

¿Tenía razón Lily? Había pensado en ella constantemente, pero quizá la perdió de vista.

—No hice más que quererte —dijo él, con vehemencia.

—No es lo mismo.

Pero tendría que bastar, en el pasado y ahora, ya que era la única cosa sensata que Finn había sabido hacer. Ahora la insensatez lo había invadido de nuevo y los había atrapado a ambos en ese extraño sueño de crepúsculo, que recordaba a un sueño de vigilia, pero con más solidez, menos luz y más dudas.

—Está refrescando —dijo él.

Ella tiritaba. Los insonoros copos de nieve se-

137

guían cayendo lentamente. Cuántas veces había amado el frío, los amaneceres de invierno con Lily en la cama, bajo los edredones, mientras el sol ascendía radiante en el cielo azul, reflejándose brillante en la nieve, y los largos y gruesos témpanos de hielo relucían en una trama de líneas cruzadas al otro lado de las venecianas. El invierno había sido su época favorita con ella y, si algún día llegaba a dejar a Lily, esperaba que no fuera en ninguna estación real del año.

Ella se apartó, tiritando todavía.

—Mira. Me sabe mal que esto no sea un precioso jardín soleado lleno de pájaros cantores en el que unos niños con flores en el pelo nos reciten los salmos. Me sabe mal que tengas que conformarte con este maldito lodo devorador... en un crepúsculo de finales de octubre. —Señaló un punto a unos seis metros de distancia. La capa vegetal la proporcionaba una especie invasora espinosa que estaba perdiendo su verdor—. ¿Ves esa tumba de ahí? No, no la ves, porque aquí las lápidas están prohibidas. Pero cada día la gente le lleva comida y se la deja encima. Y cuando se marchan, aparece un sintecho y se la come. En plan, las galletas que se le dejan a Santa Claus.

—No voy a preguntarte cómo te has enterado.

—He oído hablar a la gente que trae la comida —proclamó ella.

Finn se preguntó por qué no se habían llevado la toronja.

Dio un paso hacia ella. Hacía demasiado frío para no hacerlo. Le llegó el olor de ese diente suyo en el que se acumulaba el café de la mañana y que de vez en cuando olía a azufre de ciénaga. De una forma u otra, Lily siempre había conseguido que la oscuridad y la putrefacción le devorasen la cabeza.

La nieve se acumulaba en su pelo y en sus pestañas, adhiriéndose como confeti. ¡Ah, esa sería su boda! Entonces, como si le hubieran oído el pensamiento, un viento repentino llegó de pronto, fulminante, con un sonido oceánico y su característico agarrar las cosas y llevárselas rápidamente a otra parte, con un apresuramiento decidido que también parecía un poco innecesario.

—Vámonos de aquí —dijo él, y le tomó la mano fría y huesuda, que siempre había sido fría y huesuda, y a él siempre le había gustado que lo fuera, aunque nunca le había calentado un anillo y se lo había puesto. ¿Por qué no? Ella nunca se lo preguntó. De ahí que Finn nunca tuviera que empeñarse en encontrar una respuesta.

Si hubiese donado su cadáver a la ciencia, ya le habrían cortado las manos, con sus flamantes uñas color de ostra. Quizá le habrían dado a Finn unos guantes suyos, como recuerdo, y se habría paseado con ellos, con las manos dentro, suaves, como si estuvieran dentro de ella. Y habría seguido viviendo así, durante largos y tristes años.

—¿Adónde vamos?

A la granja de cadáveres en Knoxville. Una ciudad de grillos y tristes espaguetis. Conducirían tímidamente en esa dirección, para dar cumplimiento a su deseo, según lo había entendido él.

—A un sitio donde no nieve en octubre. Gracias a Dios que todavía no hay consenso científico sobre el cambio climático, porque de lo contrario este invierno anormal sería preocupante. Podríamos pensar que los casquetes polares se derriten y que nos envían sus vientos helados antes de que todo sea pasto de las llamas.

—Pero yo podría derretirme, si vamos al sur. —Lily caminaba indecisa, apoyándose en él—. De todos modos, es verdad: me muero de frío.

—¿Tienes hambre? —preguntó él.

Ella se limitó a echarle una mirada en la que coexistían un «¿Lo dices en serio? Claro que no» y un «¿Lo dices en serio? Claro que sí». Finn agarró la toronja.

Lily se movía razonablemente bien. La ayudó a sentarse en el asiento del copiloto, tomó una manta vieja de detrás y se la echó sobre el cuerpo, dejando asomar su cara solamente. Luego arrancó sin poner las luces, de modo que, flotando en la oscuridad, salieron del cementerio ecológico con unas emisiones de carbono menores. Intentó no pensar que lo que estaba haciendo tal vez podría haberse malinterpretado como robo de cadáveres. Ella bajó la visera para echarse un vistazo en el espejito iluminado.

—Este espejo me hace *gaslighting* —dijo.

Finn pisó el acelerador y el coche se lanzó hacia delante contra la rotación natural de la Tierra, luego pareció provocar en la Tierra una inversión de la rotación y llevarlos en la buena senda. La cabeza de Lily chocó levemente contra el respaldo.

—¿Estás bien?

—Molida como el polvo —dijo ella—. Ja, ja. —Todas sus risas contenían «ja, ja» de verdad, pero no todos sus «ja, ja» contenían risa de verdad. En esta ocasión, se trataba más bien de un coctel de lo segundo.

A lo largo de los años, Finn la había estudiado con un detenimiento y un extravío tan excesivos que quizá había terminado con la mente destrozada.

El coche se mecía sobre los baches del camino de tierra. La grava crujía bajo los neumáticos y de vez en cuando alguna piedrecilla saltaba y golpeaba debajo del coche. La suspensión pareció en entredicho un momento. Ella cerró los ojos como siempre hacía cuando pasaban por terreno bacheado. Él se fijó en que sus órbitas habían adquirido un tono azul, amoratado, que también había aparecido en sus tobillos, por encima de los zapatos de payaso. Incluso en la muerte el cuerpo conservaba la esperanza y enviaba sangre.

—¿Ya llegamos? —preguntó ella—. ¿A la granja de investigación?

Ni siquiera habían salido todavía del camino

de Verdigris. Ella no abrió los ojos. Quizá fuera ese el aspecto que tenía estando muerta, un aspecto que, si iba al fondo de la cuestión, todavía no había sido capaz de ver realmente. En su rostro se vislumbraba una paz engañosa.

En cuanto entraron en la autopista, Finn puso las luces y subió la calefacción. Ella no dijo nada mientras él se ocupaba de todo. El aire de la calefacción entró en el coche e hizo vibrar la parte de la mortaja que sobresalía de la manta. Sus zapatotes rojos casi no cabían en el hueco para las piernas, pero no se los quitó.

—Tienes razón. Los zapatos fueron un bonito detalle. Aunque estoy segura de que no pusieron el tema de *Misión imposible* como había pedido. Supongo que pusieron algo del maldito Bach.

—Fue al aire libre. Eso me contaron. Y caía una de las primeras nevadas. Más tempranera que esta. No creo que hubiera mucha música.

—¿No pusieron *When I Marry Mister Snow*? Finn forzó una sonrisa.

—No creo.

—También quería *I Won't Dance. Don't Ask Me*.

—Ya lo sé.

—*Sing, Sing, Sing* también habría estado bien. Benny Goodman siempre es excitante. También *Will You Still Love Me Tomorrow*. Es algo que todo muerto quiere saber.

Finn carraspeó un poco.

—Supongo que cuando te ahogas es posible que ya no tengas mucha mano en lo que viene después. —No lo dijo despacio ni con sentimiento.

—¿Ya llegamos? —preguntó ella de nuevo.

—Mañana —dijo él—. Llegaremos mañana.

—Mmmmmm... ¿Nunca te has parado a pensar en lo rara que es la palabra *mañana*?

—¿Como concepto?

—No, como concepto es maravillosa. Me refiero a su aspecto como palabra sobre una página. Es como si estuviera escrita en una lengua rara, inventada. En parte italiano. En parte apache. ¿Todavía tienes radio por satélite?

—¿Primero te mueres y luego quieres radio por satélite?

—Lo siento.

¿Se había disculpado otra vez? Quizá estuviera teniendo alucinaciones. Deseaba tantísimo que ella siguiera diciéndole que lo sentía. Daba igual por qué motivo. Lo que fuera. No solo por el lodo. No solo por la radio.

—No renové la suscripción. A tiempo —añadió.

—¿Estamos en una película de zombis? —preguntó ella un poco triste.

—No... Las suscripciones siempre están renovadas en esas películas.

—¿Una comedia romántica?

—Quizá.

—A lo mejor es un documental. Un documental tierno. Con algo de *thriller*.

Un poco más adelante, giraría a la derecha por el lazo desenrollado de una carretera secundaria. Serían unos prófugos.

—Un western con atraco. Una fuga de una cárcel.

—¡Escaparon por ahí! —dijo Lily con una sonrisa boba.

—Abróchense los cinturones —replicó él, pisando a fondo. Sintió una pequeña alegría como no la había conocido en su vida, una amalgama de alegría vieja y nueva. Aunque eso era precisamente lo que pasaba con la alegría: siempre se presentaba como un sentimiento sin precedentes. Cada vez era como si no te hubieras sentido nunca igual.

—Si alguien decide buscarnos, seremos como los electrones de Heisenberg. Tendremos velocidad pero nuestra posición será ilocalizable —dijo—. La moraleja de todo cuento, chicos y chicas, es que nunca sabes dónde está nadie realmente.

—Un reportaje de ciencia. Me encantan —dijo ella.

Y aunque todavía no había consenso científico sobre el amor, Finn creía que cualquier pareja era absurda y que sus integrantes conseguían sacar a relucir sus respectivas absurdeces. ¿No eran ellos la prueba cuasi viviente de ello?

El aire caliente del coche impactaba sobre las

piernas de ambos. Lily empezó a contarle una fábula breve.

—Una vez vi a una señora gorila intentando captar la atención de un gorila robótico. Usaba una sierra de la misma manera que el robot infatigable, copiando sus movimientos, pero terminó cansándose al ver que él no paraba de serrar y no le prestaba atención. De hecho, él no cambió ni un ápice su actitud en presencia de ella. Era un robot. Pero también era un robot macho. Y por eso, aunque se esforzó al máximo, la gorila se cansó y, un poco aburrida, dejó caer la cabeza sobre la sierra. Luego la levantó y se largó a grandes pasos.

—¿Y qué quieres decir con eso?

—La naturaleza —dijo ella—. Quizá. ¿Estamos en un sueño? ¿Dónde estoy? ¿Dónde estás tú?

—¿Ahora mismo? Estamos metidos hasta el cuello en el tema de *El valle de las muñecas*.

Por delante tenían fronteras estatales que cruzar, y las cruzarían. ¡Mientras Lily se hacía la muerta! ¡Sorpresa! ¡Ja! ¡Ja! ¿No era eso la prueba de que vivir era divertido?

En una cobriza oscuridad, pasaron por un lago que empezaba a helarse pero todavía no estaba helado. Un centenar de cisnes migratorios habían encontrado agua en abundancia para aterrizar. Oírlos y verlos le hizo levantar el pie del acelerador.

—¡Mira! —dijo frenando un poco, antes de detenerse en el arcén. Los copos de nieve seguían cayendo, pero desaparecían instantáneamente al aterrizar.

—¡Oh, los cisnes migratorios! ¡Es la época! ¡Cada año por estas fechas!

Los cisnes migraban, de lago en lago, rumbo al sur, con sus alegres y profundos graznidos de *mezzosoprano* como si un millar de ocas tocaran un millar de tubas con sordina. Algunos cisnes parecían insistir en una nota de bajo de una tonalidad distinta, que echaba a perder bellamente el acorde.

—Creo que nunca había visto tantos cisnes —dijo Finn—. ¡No tantísimos!

—¿De verdad?

—Sí. Espero que no sea por culpa del calentamiento global.

—Quién sabe —dijo ella—. Hay muchas cosas extrañamente bellas que lo son. Muchos deshielos, crecidas y ocasos psicodélicos.

¿Qué estaba insinuando? ¿Que ella también, con su propio deshielo, era una manifestación del cambio climático?

Se quedaron allí un minuto más, escuchando a los cisnes, que cantaban, se quejaban, lanzaban imposiblemente sus armonías irresueltas al aire. Luego, Lily y él siguieron adentrándose en la noche, el coche zumbaba y la carretera empezó a desenrollarse una vez más ante ellos.

En cierto momento, quizá fue justo después de que pasaran una señal de tráfico que informaba de «curvas peligrosas», Lily se arrimó a Finn mientras él conducía.

—Eres un hombre guapo —dijo—. Siempre lo has sido.

Puso la cabeza sobre su regazo y entonces, con la boca hinchada y abierta como un animal marino, se giró y empezó a moverse, a apretarse y cuidar de él. Le bajó el cierre y le dio más besos. Todo ello le resultaba familiar a Finn de la manera más palpitantemente cardiaca. Ambos estaban siendo ellos mismos sin serlo al mismo tiempo, quiméricos y confundidos. Su vida sexual parecía regresar de una laguna muy oscura y remota en el tiempo.

—Ay, Lil, no sé si... —dijo, pero no la paró.

Los tendones de Lily se tensaron debajo de la piel de su cuello. Él se convirtió en un organismo que adquiría la forma de cualquier cosa que lo atravesara.

—Creo que esto es delito en varios estados.

Encontró un área de descanso —o era quizá una zona de frenado de emergencia para camiones— y decidió estacionarse allí. Apagó el motor. Encontró la palanca que abatía el respaldo del asiento.

Lily le quitó despacio la ropa, tal y como solía hacerlo al principio de su relación. «Todo esto está pasando —le decía entonces y le dijo de nuevo ahora—. Puedes resistirte, pero solo un poquito.» Lily no admitía resistencia. Sus besos tenían dientes.

—Demasiado consentimiento le quita toda la gracia —le susurró—. Pero consentir un poco está bien. Solo espero no parecerte horrorosa.

Ahora le daría el remedio casero del amor. Sus órganos móviles y su joroba serían de utilidad en esa tesitura particular. Apartaría la mirada del entramado de cañerías lavanda que formaban las venas de su frente. La calefacción del coche funcionaba de maravilla. Ahora Lily era un espíritu. Una vez más estaban enmarañados y enlazados.

—No me llevo una sorpresa así desde la administración Clinton —le interesó oírse decir.

—Me puse un poco de perfume en el pelo... Hace unos días —dijo ella, y justo en ese instante se convirtió en un saco eufórico de huesos. Sus labios tenían el brillo y el deslizarse de la piel de un pez. Finn la estrechaba con cuidado.

—Reboso de pensamientos bonitos —dijo él. Estaba feliz por su amor. Estaba feliz por la felicidad. Se entusiasmaba por la vida, una expresión que la gente ya no utilizaba, aunque seguramente debería hacerlo.

Por un breve instante sintió que aquellas añagazas le permitían escapar del dolor. La boca de Lily se convirtió en un borrón de confitura. Todo ese deseo saturado de amor ya no era deseo porque la posesión lo había convertido por entero en amor.

Vio otro pececillo de plata en su pelo perfumado. Y entonces cerró los ojos del todo y se perdió un momento. Cuando volvió en sí, ya no sabía nada.

—Lily, eres implacable —se vio murmurando con afecto y gratitud. Se había quedado sin fuerzas, así que no estaba seguro, pero por un instante le pareció vivir una felicidad irreprimible.

—Siento muchísimo —dijo ella— que en los años que pasamos juntos fuera incapaz de despertarme todos los días con el corazón henchido.

—Lily olía como un plato de comida caliente que se enfría. El pesar apareció en su rostro y su boca se partió, formando una media luna invertida de payaso, como la que en otro tiempo se había pintado con maquillaje profesional—. Sí lo tenía henchido, pero no de felicidad.

—No pasa nada —dijo él, estrechándola entre sus brazos.

Los vertebrados más evolucionados, los Otros biológicos con evoluciones más homologables, como el pulpo o el calamar, también habían dividido sus especies entre machos y hembras. ¿Era una idea tan pésima, tan exageradamente creativa, tan excesivamente optimista? Por otra parte, los Otros más avanzados, como el calamar, también tenían tres corazones y un cerebro enrollado a sus gargantas. ¿A quién no le gustaría tener tres corazones y un cerebro por corbata? A Finn, sí.

Lily y él se habían perdido el uno al otro hacía mucho tiempo, y ahora se despertaban cada hora más o menos para mirar angustiados por la ventanilla e inundar el interior del coche con su pena.

Querida hermana:

Aquí estoy, sentada al amor del candil, con su llama azul como la flor de la achicoria. Reluce sobre el escritorio de roble que esta misma mañana he abrillantado con té frío. Últimamente me he aficionado a tomar una copita de burdeos por la noche en compañía de ese huésped caballeroso, Jack. A veces añade una pizca de un polvillo a su copa y me invita a hacerlo también. He respondido afirmativamente dos veces a su ofrecimiento y finjo que no sé que es opio de la mejor calidad —es un hombre un tanto orgulloso—, más potente que las pólvoras habituales que toman las amas de casa, y muy bueno para dormir, darse un baño, leer las Sagradas Escrituras y mirar los ambrotipos que encontré hace años en el porche de una casa abandonada y que he estado utilizando para cambiar los cristales rotos de las ventanas en algunas de las habitaciones del primer piso, como ya te comenté. La luz de la luna les da mucha vida. Y el sol del atardecer, cuando su luz llega plana y difusa, todavía más.

El señor Jack me dijo una vez que tenía mucho que ofrecer como hombre. A ojos de una mujer, quiso decir. Que tenía mucho que ofrecer a una mujer. Pero cuando un hombre te dice algo así y no se refiere a una casa bonita en una ciudad bonita, lo único que pienso es «no sé yo».

Aun así, ruego a Dios encontrar algún día rasgos como la bondad y una indulgencia caballerosa. He tenido que revivir unas galletas de ayer con vapor y un poco de grasa caliente del sartén. En todos los sentidos; ya sabes a qué me refiero.

Como le dije en una ocasión al pastor: «Creo que no basta con rezar para que la oración tenga una mínima posibilidad de ayudarte. También hay que actuar».

Él me dijo: «Ningún hombre de fe sabría qué responder a eso».

Y yo le dije: «Pues, en tal caso, los hombres de fe no discutirían las cosas. La fe no es discutir».

—Bueno, señorita Libby, a los hombres de fe les encanta discutir, me temo.

—Bueno, hay ahí una pequeña incoherencia de carácter, ¿no cree? —Porque eso es lo que me parece.

—Oh, no esté tan segura —dijo él con una sonrisa indulgente.

—Creo que las Escrituras son como los crucigramas infantiles. Las pistas en realidad no son pistas, sino más bien una confirmación cuando encuentras otro modo de resolverlo.

—Sin duda puede verse así —dijo él.

—Pero no soy capaz de descubrir la respuesta correcta.

Ese mismo día, un poco antes, el apuesto huésped caminó calle abajo, pasando por delante del taller del ruedero, y se metió en la imprenta para comprar ejemplares del periódico de San Luis, del periódico de Memphis y del periódico de Chicago. «Tengo que averiguar si me han detenido, si me he muerto, si me he casado o si quizá, por algún motivo que se me escapa, me han elegido gobernador.» Llevaba un corbatón de seda para hacer los mandados y no se lo quitó en todo el día.

—Bueno, helo aquí —le dije cuando volvió—. Supongo que la vida no le ha deparado sobresaltos. —Una sombra surcó su rostro—. O quizá sus noticias no han sido atinadas.

—Es posible —convino él, y dejó los periódicos en el recibidor para los demás huéspedes.

Con todo, me ha afligido ver cómo ronda a Ofelia. Intempestivamente frío y luego intempestivamente cálido. Ambos han venido a traerme sus respectivos boletines meteorológicos.

—¿Pasa la noche aquí? —me pregunta él.

Le digo que a veces se lo permito, si le resulta más cómodo.

—No tengo motivos para negarle mi amabilidad.

—Vive bajo el mismo techo. ¡No todos somos iguales a ojos de Dios!

Hay veces en las que empiezo, despacio, y luego rápido, a despreciarlo.

—Dios se marchó a dar un paseo a caballo —le digo yo—. Se olvidó de nosotros y ahora tenemos que cuidar los unos de los otros.

—Bueno, es usted toda una pagana. —Sonrió.

—No me gusta demasiado montar a caballo.

—¿Demasiado bailoteo?

Con ese tipo de comentarios es cuando me busco otra cosa que hacer. Un pastel o remendar las cortinas.

—Creo que debería acompañarme recitando versos una noche de estas —dijo él con cierta picardía.

—¡Piedad!

—Si cata las aguas del mundo del espectáculo, llenará de luz y alegría las almas entenebrecidas de los hombres sencillos.

—Creo recordar que ya dijo usted algo parecido en otra ocasión. Y ya me negué.

—Entonces no me queda más remedio que buscarme una actriz de verdad.

—Eso es lo que debe hacer.

Y lo dejamos ahí.

Pienso mucho en ti, te echo de menos y me pregunto qué harías tú si se diera esto o lo otro, o esto o lo otro, otra vez.

Siempre tuya,

Eliz

153

Sacó una camisa y unos pantalones de pana de la maleta que había dejado en el coche y ayudó a Lily a ponérselos.

—¿Adónde crees que deberíamos ir ahora? ¿Seguimos por el mismo camino? —Las carreteras eran un mar en calma. Todo tenía que empezar en algún sitio. Salvo la eternidad, que salía disparada en todas direcciones interminablemente y, en consecuencia, no tenía un sitio concreto.

—Es posible que necesite parar a comer algo —dijo ella—. Quizá deberíamos ir en esa dirección.

—Algo encontraremos si seguimos por esta ruta de camino a la granja de cadáveres.

—Adonde todo el mundo va cuando huye. —Se interrumpió—. A la tierra de los prófugos. A mí ya me viene bien. Tampoco es que tenga una brújula u otra opción.

—La gente ya no tiene brújulas.

—Hay quien sí —dijo ella, con la intención evidente de discutir.

—Nos orientaremos por las estrellas. Vamos más hacia el sudeste que hacia el oeste. La luna arcillosa y las estrellas azucaradas. Buscaré la Cruz del Sur. —Como si supiera algo de la Cruz del Sur. Recordaba vagamente que ni siquiera podía verse en el hemisferio norte—. Si empiezas a sentirte secuestrada, no tienes más que decírmelo.

Ella suspiró.

—Siempre me siento secuestrada. Ponte en marcha, Jack. Quiero decir... Ya sabes lo que quiero decir.

—Es posible —dijo él.

Ella bajó la ventanilla y el aire frío refrescó el interior del coche. Sacó la cabeza y gritó a los campos que pasaban: «¡Mis disculpas a todos los secuestrados de verdad que están ahí! ¡Pero algunos sabrán a qué me refiero!». Luego volvió a subir la ventanilla.

—Siempre serás una terapeuta.

—¿Eh?

—Voy a combinar carreteras secundarias para disfrutar de la vista y evitar a la policía con interestatales para ir rápido.

—Eres maravilloso.

—A estas alturas, ambos somos un poco maravillosos.

Sus labios lavanda esbozaron una sonrisa diminuta.

—Supongo.

Los árboles pasaban a toda velocidad a ambos

lados. La cabeza calva, demente, de la luna se elevó sobre la majestuosidad de las montañas violetas; no admitía discusión. Ya debían de haber llegado a Kentucky, aunque él no recordaba haber cruzado la alfombra de té de hierbas con leche que era Ohio, así que a saber. La noche se hizo más oscura y cayó. En el cielo, sin embargo, se extendía de nuevo ese río de la luna, más ancho que una milla, su nombre extirpado y sustituido por el de Lily. Le pasaba a menudo que se le mezclaban las letras de las canciones en las que salía la luna.

—Solo es una luna de papel —dijo Lily, en su vestido fino como el papel, que se había echado por encima de la camisa y los pantalones de pana como una paciente de dentista.

Finn movió el dial de la radio, pero no consiguió sintonizar gran cosa. De vez en cuando, volvía la cabeza a un lado para echarle un vistazo rápido y la veía entrando y saliendo del sueño, a saltos, sin pausa. Esta repetición de su vida reelectrificada lo emocionaba, su belleza era apasionante de manera contradictoria y, sin embargo, familiar: había confusión en las cejas, calma a lo largo de la boca, lo buscaba solo con un ojo, el otro descansaba bajo el párpado venoso. Sus manos sarmentosas y violetas, pero con una vitela dorada en la membrana entre sus pulgares e índices.

Lily se olisqueó las axilas.

—Mmm... El *terroir* en Verdigris Road no es

156

una maravilla —dijo—. Imagino que olvidé decirle a todo el mundo que tenía muchas ganas de que me enterrasen en la granja forense. Imagino que olvidé decírselo a alguien por lo menos.

—Me lo dijiste a mí. Pero en su momento sonó muy hipotético.

—Supongo que lo era. Aunque los entierros son siempre hipotéticos hasta que de pronto dejan de serlo. Quiero que mi muerte sea útil. Aunque luego resulte que no lo es. Quiero intentar ser útil. ¿No ha sido ese el principio básico de mi vida? ¿El principio básico que siempre echo a perder?

—Yo me eché a perder —dijo él. Y luego cambió de tema, aunque no del todo—. ¿Ordenaste tus asuntos?

—¿Qué asuntos? —Ella estaba pelando la toronja.

—Tus asuntos —dijo él en voz baja, con intención—. Si dejaste en orden tus asuntos. —¿Se refería a Jack? No estaba seguro.

—¿Qué estás haciendo, Finn? —murmuró ella. Se metió un gajo de la toronja en la boca y luego le puso otro en la suya.

—No lo sé —balbuceó él, sintiendo el estallido del cítrico, dulce y amargo. No parecía tener semillas. Fruto estéril. En la naturaleza, según leyó una vez, solo la tenia y el albatros eran monógamos. Los demás solo tenían interés en esparcir muchas semillas.

Lily se puso a buscar algo en el asiento. Las

cáscaras de la toronja estaban tiradas sobre el tapete.

—No traigo bolso. Qué lata, ¿no? Espero que no te importe pagar a ti. Y ¿sabes qué? ¿Tienes un peine? La verdad es que me hace falta un cepillo, pero quizá sea pedir demasiado.

Finn maniobró para extraer un peine del bolsillo trasero mientras conducía con una mano. Talento de artista de circo, ¿no?

—Toma —dijo.

—Gracias. Tantos años de vida y nunca pude agarrarle el modo a mi pelo.

—Dudo que la muerte te lo haya desenredado.

Lily se quedó callada. Como si no debieran hablar de que se había muerto.

Empezó a peinarse el pelo, enmarañado y de color camote. Para asearla un poco, necesitarían una habitación seca y con buena calefacción, algunos utensilios de aseo personal, y comprometerse con Pilates, para impedir que toda esa composta invadiera su cuerpo. Ella bajó de nuevo la visera del coche para mirarse en el espejo. Se pellizcó la mejilla.

—No me vendría mal un poco de relleno con gel balístico. A eso se dedicaba mi padre.

—Lo sé —dijo él.

El padre de Lily había trabajado de forense. El suyo tenía un trabajo de oficina. Pero ambos habían sido policías. El padre de Lily había sido un poco esquizofrénico. Policía bueno. Policía malo. A Lily le gustaba hacer ese chiste.

—En serio, Lily —dijo él, conduciendo en la noche—. ¿De verdad te has muerto?

—Quizá me quedé atrapada en la puerta giratoria del bardo —dijo ella—. No estoy segura. Creo que todo esto puede ser una pendiente resbaladiza por la que puedes volver a subir si consigues suficiente tracción.

El arenero del gato se movió en el asiento trasero.

Ella se volvió para echar un vistazo.

—¿Has estado viviendo en tu coche? —preguntó.

Para alguien que había vivido cubierta de tierra, el comentario parecía desconsiderado e insensible.

—No. ¿Qué te lo hace pensar?

—Nadie lleva un arenero en el coche a menos que viva en el coche. Con su gato.

—No tengo gato.

—Diablos, Finn. Eso es incluso peor. Es como si... Bueno, ni siquiera me atrevo a pensarlo.

Le dirigiría una sonrisa si se volvía para mirarlo, pero pudo ver, porque en todo momento la mantenía en el campo de visión periférico de su ojo derecho, que ella se limitaba a mirar al frente.

Encendió la radio para que pudieran escuchar alguna noticia sobre glaciares derretidos y niveles del mar en aumento y nominaciones a premios para la mejor interpretación en una comedia o en un musical.

—¿No te buscaste otro gato cuando murió Crater? —preguntó ella finalmente. Le habían puesto el nombre de un juez famoso. En honor. En honor de las reapariciones.

—Lamentablemente, no —dijo él. Durante el resto de su vida podría empezar cada frase con un «lamentablemente» y no mentir nunca.

—Supongo que un perro habría sido mejor opción...

—Es probable. Recurres a un perro para descubrir cómo se es feliz. Recurrimos a ellos para averiguar cómo saben que el mundo está bien.

—Recurres a los gatos para verlos ir y venir, ir y venir.

Finn continuó internándose en la noche, siguiendo sus propios faros. ¿Qué otra cosa iba a hacer?

—¿Crees que las estrellas pueden cambiar el curso de nuestras vidas? —preguntó él.

—Por supuesto —dijo ella—. ¿Quién podría no creerlo?

—A mí, las estrellas me parecen un lío. —Suspiró—. Cien billones de estrellas y aun así no son infinitas.

—Supongo que tendrán que bastarnos. Tendrán que bastarnos como infinitud.

—Supongo.

—Brillan. Titilan. Comparten el espacio. Tienen buenos modales. ¿Crees que cada una de esa millonada de estrellas podría ser alguien que murió?

—Cada una de esas estrellas es una estrella que murió. O podría estar muriéndose. ¿Mantienen conversaciones? ¿Son parte de un diseño general? Diría que no parecen saber nada las unas de las otras. Y como ignoramos si están vivas o muertas, porque sus vidas se remontan muchos años atrás a su apariencia de vida, cuando brillan sobre nuestras cabezas, aquí, en la Tierra, da lo mismo si estamos mirando un brillo muerto o un brillo vivo. La luz de las estrellas es performativa, y punto.

—Siempre te faltó un poco de romanticismo.

—En absoluto —insistió él—. Lo que pasa es que cuando miro las estrellas percibo el espacio aterrador que las separa: el espacio es lo que recorremos en el viaje de la vida. ¿Y ese espacio interior? También es espacio exterior. Y aunque lo llamen «espacio exterior», tiene lugar en la Tierra. Las estrellas te tientan y se burlan de ti.

—Por eso íbamos a terapia de pareja.

—No toquemos el tema. —Finn sintió la electricidad estática, el choque de voluntades prefragmentadas.

—De acuerdo. Vayamos a un sitio donde crezcan los sicomoros —dijo ella—. Sicomoros de grandes copas enmarañadas.

—Me parece perfecto. Eso haremos.

—El mundo me es nuevamente presentado.

—Y reeditado. Y reanimado. Para mí.

—Siento haberte obligado a dejar a tu hermano —dijo ella.

¿Habían hablado del tema? No recordaba si lo habían hecho. Era el vampirismo de la persona amada. Era el corazón de Lily, balbuceante, sometido a ventriloquía. Era el espacio que separaba las estrellas. Era también como las propias estrellas, que aguardaban allí, invisibles, durante el día. Había sido necesaria la desaparición de la luz del día para ver lo que siempre había estado allí. Como el tema de su hermano.

—No te preocupes por mi hermano —dijo Finn—. Lo tengo controlado. Puede que no esté allí con él. Pero lo tengo aquí, en el corazón. Y voy a volver pronto para verlo.

—Me echarás la culpa por haberte distraído.

—No. —Un pequeño animal nocturno cruzó la carretera a toda velocidad. No con unos andares de pato suficientes para que fuera un mapache. Indescifrable, por tanto.

—¿Qué fue eso? —preguntó ella, y luego bostezó, echando por la boca un aliento ligeramente putrefacto al coche. Cuando la boca se le cerró de nuevo, Finn vislumbró de soslayo que la oscuridad entre sus dientes no se debía a la descomposición o a un principio de caries, sino a unos huequitos que ponían al descubierto la cavidad interminable de su garganta.

—Solo te pido que no te venza el cansancio. Se supone que tienes que mantenerme despierto mientras conduzco. Eres mi timonel y tienes esa responsabilidad.

Pero el cansancio ya se había impuesto y Lily se había desparramado sobre él, y no en el mejor sentido.

—Timonel. Mmm... —Ella cerró los ojos y suspiró—. Ojalá tuviéramos una guía. Y ahora no me digas «Para esto no hay guía». He oído cómo estabas a punto de decirlo. —Ahora, Lily arrastraba las palabras y su desparrame se acentuó.

—¿Sabías que en las profundidades de la fosa de las Marianas...

—¿No saliste con esa chica en la preparatoria? —murmuró ella, moviendo uno de sus zapatotes de payaso—. ¿La prima del tapón de Darién? Ja, ja... ¿Te sirve esto como navegación?

—... unos científicos descubrieron unos fósiles poseídos por un ADN que había comenzado a regenerar a esas criaturas muertas, fosilizadas, y que empezó a aparecerles un sistema circulatorio? Y llegaron a la conclusión de que todo el organismo se hallaba en curso de volver a la vida.

—¿De verdad? —Lily enderezó su cabeza pálida y la volvió hacia él, asiendo el brazo de Finn que le quedaba más cerca con la mano que tenía más lejos.

—Bueno, esto te ha despabilado —dijo él.

Los bultos de su muñeca derecha sobresalían de la manga de la camisa que le había puesto, y sus largos dedos se aferraron al brazo de Finn hasta que volvieron a relajarse. Lily se hundió de nuevo en el asiento, aparentemente dormida. Se acumulaba una baba gris en las comisuras de sus labios.

Finn sintió un hambre nauseabunda que la toronja no había saciado.

—No nos vendrían mal unas galletitas saladas —dijo a continuación—. Y no me digas que vamos a verlas crecer en los márgenes de la carretera.

Sin embargo, como un ave que pudiera provocarse un sueño semihemisférico, Lily empezó a encadenar unos ronquidos que parecían salir de muy adentro. La mandíbula se le torció, dejando al descubierto sus dientes. La boca siguió abriéndosele a lo ancho como un trozo de carne en un espetón. Sus extremidades formaban una esvástica, como en una marioneta. ¿Qué partes de ese cuerpo espasmódico correspondían realmente con su cuerpo? ¡El cubismo tenía razón! La mortaja se le había corrido y la camisa de Finn, sobre el cuerpo de Lily, estaba ahora levantada y sus costillas parecían las láminas de una veneciana debajo de la gasa traslúcida de su piel. ¿Cómo podía ser eso la mujer que amaba? Y sin embargo lo era.

—Unas Ritz, quizá —dijo Finn para mantener la concentración al volante—. La sal y la malta. Eso es lo que les da su *je ne sais quoi*. —Se aclaró la garganta—. Como dirían en el propio Ritz. Donde las inventaron. Quizá. —Llevaba demasiado tiempo dando clases. Era capaz de mantener larguísimos coloquios consigo mismo. Se inventaba demasiadas cosas y luego cruzaba los dedos, como cualquier profesor.

Quizá tendrían que buscarse un Homewood Suites en breve. Era más probable que las galletas Ritz las hubieran inventado allí. Se preguntó si estaba despierta.

—¿Terminaste? —murmuró ella desde su sueñito de cíclope.

—No creo —dijo él. Dejó pasar muchos minutos—. Creo que nos hemos perdido —dijo, aunque ella, evidentemente, se había vuelto a dormir.

Y él la dejó dormir, y cuando se agitó y se despertó una vez más, pareció electrizarse de pronto, con movimientos mecánicos, como una bailarina de Bob Fosse.

—Creo que me rompí el tobillo en la ducha —dijo ella.

—¿Te rompiste el tobillo? ¿Eso es lo que crees que hiciste?

—Resbalaba un poco.

—Mmmmm... Quizá deberíamos ir a que te lo vean.

—¿Estás bromeando? —preguntó ella—. Porque a veces me doy cuenta, pero no siempre.

Finn dejó que un largo silencio se instalara entre ellos.

—Bueno, ¿me cuentas cómo es estar muerto? —preguntó finalmente.

—Más o menos como te lo imaginas. Y más o

menos como no te lo imaginas. —Lily se inclinó hacia él con su gran sonrisa pestilente—. Al final es lo que quieres que sea.

Sus ojos brillaron con el verde iridiscente de la cola de un pavo real o de una mosca. Su cara a menudo reflejaba la luz así de noche. Siguió hablando.

—Pero a pesar de todo, mi amor no ha muerto. Cuando mueres, no todo muere de golpe y a la vez. Y algunas cosas titilan y vuelven a encenderse. Es como si te quedaras atrapado en un apagón eléctrico parcial. Los tipos de los cascos reparan algunas cosas, pero otras no. —Suspiró—. Piensas que puedes ser el artista de tu propia muerte, pero, ¡sorpresa!, ni siquiera puedes ser el artista de tu propio arte. Siempre te sale más feo de lo que planeaste.

La pérdida del corazón mata el cerebro, había leído Finn. La pérdida del cerebro mata el corazón. Pero solo al cabo de un tiempo. ¡Un millón de historias de amor así lo acreditaban! El corazón podía seguir a lo suyo, sin parar. El amor era un pequeño autogenerador de tesoros semienterrados.

—¿Trajiste un poco de hierba? —preguntó Lily—. Duele un poco, la ausencia de vida cuando vuelve la vida.

—Eres la segunda persona esta semana que me pregunta si tengo mota.

—Entonces no tienes.

—Soy profesor en una escuela. O eso era.

—¿Con eso quieres decir que trajiste o que no?

—*Rien de rien.*

—Mmmmm. No sé, cuando paremos otra vez a echar gasolina, podrías conseguirme un puro. Me gustaría tener un puro asomando entre los dientes cuando hablo.

Esa era la parte chiflada de Lily que nunca moriría. Aunque, evidentemente, en ella todo era la parte chiflada. Si habían podido tener una relación había sido tan solo porque, aun a pesar de los chispazos de amor y de odio que volaban entre ellos y los hacían entrar en combustión espontánea, Finn era la única persona en su vida que nunca le decía «Pareces una loca».

—Te quedaría bien —dijo él encogiéndose de hombros. O se habría encogido de hombros si no hubiera tenido la cabeza de Lily apoyada en la clavícula.

Su tronco había empezado a supurar y a hincharse.

—¿Crees que podría estallarme el abdomen? —preguntó—. ¿Estos gases pútridos se acumulan? —Tenía una manchita de un amarillo amoratado debajo del mentón, como si sujetara con el cuello un botón de oro, si le hubiera gustado el oro. Pero sin el botón de oro.

—Vamos a seguir conduciendo. Ya encontraremos un sitio donde estirar las piernas y descansar un poco. —Se preocupó de pronto—. No me burlaré de ti haciendo cosas que no puedas hacer. —Había sido uno de sus motivos de queja cuando vivían juntos. Él nunca había sido capaz de entenderlo del todo.

—Ay, Finn. ¿No lo ves? Es imposible burlarse de mí. Porque en este mismo instante soy imburlable. Todos mis intentos de disimulación se saldarán con un breve éxito. En lo que a mí respecta. En mi mente.

Mató un par de moscas azules de un manotazo y luego bajó la ventanilla para que el aire se llevara a las de la fruta.

—De acuerdo —dijo él, sin entenderla.

Una sensación de irrealidad se adueñó del ambiente. Todos los sitios por los que pasaban parecían haberlos pasado ya antes, pero no de verdad. A lo mejor el equipo al que Dios había confiado la continuidad de la producción se había tomado un descanso. A veces parecía que estuvieran trazando espirales sin sentido, vestidos con ropa que no combinaba, con el pelo con la raya a un lado y, un instante después, al otro, sin que mediara viento o peine. En general, parecían pasar exactamente por los mismos sitios una y otra vez, con la salvedad de que nada era exactamente igual, sino solo en buena parte. Los campos oscuros con carteles ilegibles se deslizaban a toda velocidad a ambos lados del coche. Los días, aislados, cada uno con su nombre, parecían no llegar ya. Lily y él se hallaban entre las horas y los días, como si fueran uno más, en lugar de estar en ellos. La carretera seguía extendiéndose con sus tramos bacheados, con sus cambios de humor y sus bobas coordenadas.

—Lo creas o no, el cansancio que siento no es tan distinto del cansancio que sentía cuando estaba viva...

—¿No estás viva? —Finn trató de componer con su rostro una expresión de fingida sorpresa. ¿Qué iba a ser de ellos ahora que llevaban tanto tiempo en compañía el uno del otro? ¿Podrían arreglarlo para que su estar en compañía fuera como siempre había sido? ¿Estaba insinuando ella que siempre había estado un poco muerta? ¿Sobre todo hacia el final de su relación?

—Ya sabes a qué me refiero. La clase de cansancio que te apesadumbra la mente, te arrastra de cabeza a las profundidades, donde ves que el sinsentido que se abre ante ti no tiene ningún camino. El sinsentido ha de tener un camino que lo recorra, un camino que puedas encontrar y ver, por lo menos un poquito, o estás perdida. —Se interrumpió—. Algunos animales no sobreviven al cambio climático.

Siempre había tenido problemas con algunos de sus monólogos, pero esta vez se esforzó mucho en entenderla. Los instantes de gran intensidad en los que se produce un descubrimiento son muy emotivos para los científicos, había leído recientemente. Y los diamantes adquirían su forma gracias a unas fuerzas descomunales. ¿Podía decirse lo mismo de ellos? Quizá ambos se parecían en el detalle de que sus soliloquios los desarrollaban bajo un foco solitario en el escenario. Como todo el mundo. El teatro es el refugio final de las personas reservadas. Las luces de la sala completamente apagadas, así que a saber quién estaba sentado en la platea, si es que había alguien.

—Pero ¿por qué tuvo que ser Jack precisamente? —preguntó ahora, sorprendiéndose a sí mismo. El nombre fue una puñalada, como siempre—. ¿Por qué? —Finn había arrastrado la conversación a un terreno más sucio.

—No estás siendo muy simpático conmigo —dijo ella. Lily era fragante. Un tufo a trufa y a ciénaga.

Finn se emocionó.

—Perdóname —dijo—, pero mientras conduzco por esta autopista, dejando que me adelanten los camiones para luego adelantarlos yo, todavía no he alcanzado a tener una visión general de quiénes fuimos el uno para el otro.

—Fuimos el uno para el otro el uno para el otro. Eso no puede decirlo todo el mundo.

—No. Eso es una especie de trabalenguas. —La faceta de Lily que evitaba la locura incorporaba, en cambio, ciertos aspectos teatrales. Siempre hubo, en su felicidad, algo fraudulento, y entonces encendía la teatralidad, incluso en la desdicha—. Siempre estabas actuando —añadió.

—¿Qué quieres decir?

—Los zapatotes de payaso.

—Los zapatotes de payaso son de verdad. La pura verdad.

—¿Y por qué iban a ser de verdad?

—¡Porque solo son unos zapatos! No les queda más remedio que serlo. Solo son unos zapatos.

—Pero incluso ahora tus zapatos te escriben el guion.

—Me escriben el guion —murmuró ella. Luego se enderezó y se apartó de él. Tiritó un poco—. ¿Por qué te metes con mis zapatos?

—¿Tienes frío? ¿Quieres que suba la calefacción?

—Las Lilys somos como los lirios. Por eso nos llamamos así. Buscamos el calor. Buscamos el sol. Heliotropos. ¿No lo sabías?

—No me llegó esa circular. —Finn miró al frente, a la calzada gris—. Me llegó otra. —«Una sobre la necesidad de regar pero no excederse con el riego», fue lo que no dijo. No ahogues a las Lilys cuando las riegues.

—Siento haberte fallado.

Finn asintió y tragó saliva.

—Sí, pero... Siento haberte fallado yo a *ti*.

—En fin —suspiró ella—. Conoces a la gente cuando te falla. A veces, los fracasos te hacen fuerte.

—Vuelves a hablar desde tus zapatotes de payaso.

—*Vesti la giubba* —dijo ella—. Se acabaron los Rice Krispies.

Finn se giró para mirarla mientras intentaba seguir conduciendo.

—Como puedes ver, me propuse encontrarte, pero en realidad no esperaba tener éxito. No estaba lo que se dice preparado. Nada de galletitas. Y ¿sabes? Te aseguro que se nos han acabado los Rice Krispies. —Pero su maleta de Nueva York por fortuna estaba detrás, bajo la lona que cubría la cajuela, y creía recordar que contenía una cajita de Wheaties.

En el silencio de Lily se mezclaron la familiaridad y la aprensión.

Él se aclaró la garganta.

—¿Me estás *ghosteando*? —Supuso que había hecho un chiste. No había chiste indigno de él. Pero lo cierto es que ella lo había *ghosteado* muchísimas veces durante los años que estuvieron juntos. Él replicaba alternando entre pagarle con la misma moneda y enviarle mensajes suplicantes. Era inconstante, ineficaz y muy propio de él: a vuesa merced sed fiel.

Pasaron al lado de una gran valla publicitaria en la que se leía QUE DIOS TE BENDIGA, como si alguien hubiera estornudado. Cruzaron una vez el río Tennessee, luego dos, ¿iban a volver a cruzarlo? Los meandros del río eran semejantes a los de un clip. Finn siempre había admirado los clips, un vínculo retorcido que se convertía en un objeto práctico, y a menudo se preguntaba quién los había inventado y si el inventor se había hecho de oro.

—¿Dónde estamos? —preguntó ella.

—Estamos en un momento de calma. —Los márgenes de la carretera, que en primavera habrían estado engalanados con flores de lupino azul y en verano con espuelas de caballero, parecían ahora un muerto en vida, semejante a una pradera con pinos de montaña—. El horario de verano a veces te desorienta.

Ay, si fuera verano y estuvieran caminando por un sendero bajo la luna caliginosa, escuchando la felicidad de las ranitas, que era como la felicidad de los gatos, un ronroneo vibrante, pero más fuerte, en grupos, y bajo las hojas húmedas. Pero no. Estaban en un otoño glacial. Y Lily tenía frío.

—Calculo que estamos a unas cinco horas de Knoxville —añadió. Si quería serle útil, debía serlo.

—Perfecto. Me alegra saber que es allí adonde vamos.

—Creía que era lo que querías.

—Lo es. Me has leído la mente.

—Creo que me lo dijiste.

—¿Sabes? Nuestras conversaciones siempre eran así. Desde el primer día. Ya en aquel entonces, cuando intentabas sacarme de la cama mientras yo intentaba superar mis pequeñas y tristes desesperaciones a base de dormir.

—Yo lo recuerdo un poco distinto. —Finn lo recordó, después de pensar un rato: «¿Por qué no iba a querer quitarse la vida? Ya se la había quitado. ¿Qué sentido tenía que Lily siguiera con la misma actitud de siempre? ¿Qué significa ese tipo de vida? Nada».

—¿De verdad?

—De verdad. —No quería discutir con ella, pero siempre, a cada paso, surgía la posibilidad de una discusión. ¿Qué dijo Churchill? «¡Pelearemos en las playas! ¡Pelearemos en los campos! ¡Nos pelearemos en el coche!»—. Pero igual me equivoco.

—Sí. Igual te equivocas.

Pequeñas y tristes desesperaciones.

—¿Desesperación puede usarse en plural?

—Por el amor de Dios. Claro que sí —exclamó ella.

Él negó con la cabeza.

—No mates al mensajero —dijo ella.

Hermana mía:

Esta mañana la he dedicado a liberar con un palo el contenido de un cajón atascado. Ha sido como alumbrar a un bebé con un fórceps improvisado. En cuanto pude destrabar el impedimento y el cajón se abrió, solo encontré chismes viejos, cartas, botones y brazaletes. Buscaba un martillo. Aun así, exclamé: «¡Bienvenido al mundo!», por si acaso asomaba una cabecita y también como saludo a toda esa porquería.

Ofelia me ayuda a servir las comidas, y lo hacemos con garbo, o por lo menos imaginamos que tenemos cierto estilo. Hoy hemos experimentado con una sopa de quingombó reducida a lo esencial. Nos hemos puesto los brazaletes que te comentaba y hemos cantado una canción de Luisiana. Aun así, refunfuñan. ¿Qué diablos es la polenta con col? Me piden unas cosas rarísimas... Hemos silbado *Turkey in the Straw*, pero mucha paja y poco pavo. El mes de junio nos traerá duraznos de Georgia, espero, y hay muecas y bocas torcidas porque junio queda muy lejos. El apuesto huésped a menudo toma la cena en otro sitio, o quizá no cena. Yo no me dedico a vigilar a la gente. Entre chanzas y frivolidades felices durante las escasas cenas, he oído decir que se rumorea que en este mismo condado los muertos han resucitado como si fuera Pascua. También circulan rumores de lo contrario, que la gente que se presumía estar viva en realidad no lo está o, por lo menos, la han visto tirada en una zanja. A veces pienso que una zanja caliente es el sitio perfecto. ¿Te gustaría cambiarme de lugar? Podrías escribirme para decirme si sí o si no, y yo podría revisar tu respuesta y encontrar errores. La otra vida se superpone a la vida en sitios como este porque a la gente le cuesta decidirse por una u otra. De tin marín de do pingüe. Yo prefiero la última.

Esta noche me acuesto temprano.

Eliz

Siguieron conduciendo. A través de una tormenta que se alzaba como una cadena montañosa. A través del alba rosada, perfilada de gris. A lo largo de los poblados de chozas, de las vallas publicitarias, de las gotitas de aceite de freír en suspensión cuando pasaban junto a un área de descanso para camiones o un Dunkin' Donuts. Necesitaban desayunar.

Finn sintió que el mugriento vacío del universo iba a buscarla para reclamar de nuevo sus escasas libras de carne prestada. El susurro de los pulmones de Lily armonizaba con el susurro del motor.

—¿Puedes decirlo en voz alta para que lo oigamos todos? —le decía Finn cada vez que se quedaba callada o parecía desanimada.

—No dejes que me retuerza como un prétzel —dijo ella ahora, preocupada. Finn vio que los brazos de Lily empezaban a tomar precisamente esa forma—. No lo permitas por nada del mundo.

Los viajes en coche del pasado —todo el mundo necesitaba recordar momentos de felicidad desde distintas perspectivas—, aquellos que destacaban más en su recuerdo, los de verano con los grillos que tocaban la cítara y los trinos de sus propias carcajadas, el acelerar constante y compartido hacia lo que les aguardaba por delante, su amor tranquilo y sencillo, generado largo tiempo atrás a partir de su sangre latiente y sus huesos, un amor que los tenía tan satisfechos e indiferentes, nada de eso podía recrearse a esas alturas. Ahora su amor se abatiría sobre ellos como un lienzo que lo oscureciera todo, como un velo de luto.

Pues bien, supuestamente cada galaxia tenía un agujero negro en su centro. Y cuando la tecnología se acercaba, podías oír el gorjeo. Cada galaxia tenía un agujero negro y cada agujero negro tenía un gorjeo, quizá fruto de la luz que había capturado para siempre jamás. El gorjeo era todo lo que quedaba. Y explicaba su viaje en coche. El viaje era su gorjeo.

—Paremos aquí a comer algo. —Finn se había metido en el estacionamiento de algo llamado Parker's Pancakes.

—No quiero comer nada —dijo ella.

—¿No necesitas ir al tocador?

Ella lo miró como si fuera la criatura más inútil y estúpida que se hubiera cruzado en toda la vida. Una mirada que a él le recordó su presunta primera cita, cuando ese algoritmo despiadado que se hace llamar *amigos en común* los emparejó en falso cuando en realidad ya se habían conocido en la tienda de informática: era una mirada que en otra época le había gustado solo un poquito, porque no podía gustarte muchísimo.

—¿Eh?

Su antiguo derretirse juntos se había convertido en un derretirse sola. Su tez combinaba con el cielo, que en ese instante recordaba a la yema verdigrís de un huevo cocido. Tenía un ojo cerrado y el otro abierto, en el que destellaba una lentejuela hecha de luz y de agua.

—Deja que te ayude —dijo él antes de apagar el motor, bajarse para abrirle la puerta y levantarla.

—¿Vas a llevarme en brazos? —El olor a tocino salía escupido por el conducto de ventilación del local.

—Supongo que no me queda otra —dijo él, y la llevó al Parker's Pancakes, y fue directamente hacia el tocador, caminando penosamente por la parte del estacionamiento reservada a los camiones: el olor a palomitas de maíz, a salchichas de Frankfurt relucientes, a desinfectante de pino. Con trabajo, pasaron junto a las latas apiladas de líquido para encender carbón y Finn confió en que nada se inflamara.

—¿Qué está pasando aquí? —preguntó el cajero.

—Se me ha dormido una pierna —dijo Lily—, y no consigo despertarla.

—No tardaremos mucho —añadió Finn, levantando la voz. Luego señaló a Lily—. Es mi payaso solidario.

—Bueno —dijo el cajero—. Esto está muy tranquilo.

El baño estaba vacío, así que Finn pudo entrar con ella. La apoyó en el lavabo, abrió el grifo, mojó una toallita de papel café y la enjabonó. Le limpió la cara y el cuello, y luego gastó todas las toallitas de papel que quedaban para limpiarle los restos de jabón y secarle la cara con unos toquecitos delicados. Ella mantuvo los ojos cerrados a lo largo de toda la operación y aún estaba un poco mojada, pero no había más toallitas de papel, solo un secador de manos de aire caliente. Finn sabía que si ella lo usaba la piel le saltaría a tiras, así que se sacó de la pretina del pantalón la camisa que llevaba, se la desabotonó y la pasó con delicadeza por todo su cuerpo. Ella arrimó la mejilla a su camiseta interior.

—Estás igual —dijo ella.

—Más gordo —dijo él.

—No.

—¿No? ¿Crees que siempre he estado así de gordo?

—No estás gordo —dijo ella, aburrida ya con el tema de conversación. Él la levantó un poco, listo para volver al coche—. Siento ser tan perecedera —añadió ella.

—Bueno, sí.

—Soy un guiso de podredumbre.

—Ñam, ñam. —Se quedó callado un momento—. Quiero decir que los guisos son eso, más o menos.

—No te falta razón. Supongo. Me refiero al canibalismo. Eficacia comprobada a lo largo del tiempo.

—¿No tienes que hacer pipí? —preguntó él.

Ella se quedó mirándolo y suspiró.

—Vámonos de una vez —dijo. Empezó a moverse arrastrando los zapatotes de payaso.

—Volveré a llevarte en brazos —dijo Finn, abotonándose la camisa.

Era ligera como la madera de balsa. Sus zapatos, colgando a un lado y a otro, hacían que pareciera suspendida en el aire. Su piel era tan fina como el organdí.

De nuevo en la carretera, los sonidos que hacían ambos, sus suspiros y sus respiraciones, nunca iban al unísono, sino que se sucedían a intervalos escalonados formando una suerte de ronda. El sol empezó a ponerse a media tarde. El cielo estaba retroiluminado por galaxias que, de momento, brillaban cercanas.

—Me temo que apesto —dijo Lily.

—Eres clásica y compleja, simplemente —respondió él.

—Sí, gracias. Y estoy a temperatura ambiente.

—Suculenta, madura y bien integrada.

—Mmm...

—Tienes un buqué híbrido de jazmín, tabaco, flores de manzano secas, con un toque de rosas, lilas y pasas. Y algunos taninos. Siempre hay taninos.

—¿Y eso por qué?

—Un poco de acidez para compensar el azúcar, así como un buen cuerpo, por debajo, del que rezuma el popurrí proustiano de un especiero de los años setenta, un poco de orégano rancio y tomillo en flor, levemente aromáticos.

—Me pongo mala cuando el tiempo fermenta. Demasiado ostentoso. —Se echó un vistazo a los brazos, con gesto escéptico. Debajo de la piel se dejaba ver el cimbreo de las larvas en la carne. El combate entre levedad y gravedad no era justo.

—¿No obstante? Deja un retrogusto muy largo. Larguísimo, de hecho. Con unas notas de tierra polvorienta y roble especiado, y un dejo mínimo de cereales. Recuerda un poco a los copos de trigo y cebada. Quizá también un poco a la pasta primavera. Comida de infancia. Con una pincelada de cajón de las verduras del refrigerador. Una zanahoria vieja. Un aguacate asado.

—Los aguacates no se asan.

—A eso me refiero. Solo quería avisarte. —Pensó que podría dedicar todos los kilómetros que les aguardaban en esas carreteras a desglosar el agradable contenido de una bolsa perfumada, pero ya había tirado su recitado de los ingredientes a la composta.

—Lo siento —dijo ella.

Finn se obligó a volver a los pensamientos del día de su defunción. No sabía qué sentimientos le despertaban los ahogados. O incluso los semiahogados. Fuere lo que fuese.

—¿Se puede *estar* muerto? —preguntó ella ahora.

—¿Qué quieres decir?

—Quiero decir que si *estás*, ¿cómo es posible que también estés muerto?

—Creo que falté a esa clase de hace siglos sobre los verbos copulativos.

—No, no creo que te la perdieras —dijo ella—. No me lo quieres explicar y punto.

Volvió a cabecear. Ese zumbido que Finn había notado que emanaba de su cuerpo había desaparecido. Ahora lo sentía dentro de sí mismo. Había cobrado la forma de un discurso atolondrado, un movimiento eléctrico de las extremidades, unos parpadeos.

Ella se despabiló.

—La flor, una vez polinizada, no dura demasiado —dijo.

—¿Te han polinizado? ¡No me lo habías dicho!

—Soy muchas cosas que no te dije.

—Porque sabías que lo sabía.

—Quizá —dijo ella, con los ojos cerrados.

—Me alegra saber que no estamos hablando de Jack —dijo él, provocándola.

—Sí —dijo ella.

Pisó el acelerador a fondo. Ahora, el panorama del anochecer rompía contra la parte delantera del coche y se deslizaba raudo a ambos lados: corría como un decorado reunido a toda prisa para una obra de teatro; el cielo, en el que no lucía una sola estrella, era un filtro de carbón activado. El coche avanzaba a toda velocidad. Enganchado con adhesivo al parabrisas, en forma de espejo retrovisor, se veía un diminuto cuadro de paisaje que recogía su pasado inmediato. El coche parecía querer volar. Sería el caballo pálido y Lily, la jinete pálida.

La luz del día empezaba a volver en breves vetas sanguíneas.

En su campo de visión periférica, le pareció que Lily lo miraba con amor. Estaba completamente seguro de que era amor.

—Tengo el corazón en la garganta —dijo ella—. Y no es una frase hecha.

A ratos, se veían avanzando a paso de tortuga detrás de un camión: un tráiler en la interestatal; otro, en las autopistas del condado. Un cuatro por cuatro hasta arriba de tablones de dos por cuatro en el sitio menos pensado. El ritmo lento iba calando en su cerebro y las conversaciones inconexas típicas de un viaje en coche (¿cuántos homicidios quedaban sin resolver en la ciudad?; ¿era la depilación del pubis una forma de encauzar la pedofilia innata?; mira esa capillita desierta) se apagaron y Finn terminó regresando a sus propias heridas y lamentos.

Mientras contemplaba unas vacas en un remolque de ganado que tenían delante, dijo:

—Querías llevarte todos nuestros recuerdos, mi recuerdo. ¡Y eso que me conocías como nadie! Estabas dispuesta a matar el yo que dependía de ti para conservar la vida.

—Sí. Tú —dijo Lily con un suspiro—. Supongo que esto trata de ti.

—Me *incluye* —dijo él. El cielo exhibía ahora la hinchazón baja y oscura de la nieve retenida.

—Sí, eso parece. —Finn la miró de soslayo. Ella se negó a devolverle la mirada—. La vida es un público difícil —dijo.

Le dieron ganas de dar un frenazo, saltar del coche, arrancar un limpiaparabrisas y clavárselo en el ojo. Clavarse cosas en los ojos era un deseo que lo había asaltado recientemente y que de momento había logrado controlar. Así que, en vez de dar un frenazo, adelantó el camión que les cerraba el paso con un bramido peligroso de motor, se puso delante y, sin reducir la velocidad, contempló cómo el vehículo se encogía en el retrovisor lateral.

Quizá podrían cantar en el coche, pidió ella. Y empezó:

Las ramas se quiebran,
la casa tiembla,
el corazón nos pesa,
por el suelo.

185

¿Caminar en vez de correr
habría sido mejor tal vez?
Llueve a través del sol,
por el suelo.

Pasó rápido nuestro maldito pasado,
no como el efímero ahora.
Te regalo
la rama rota y torcida.
Cór-ta-tel-pe-lo, chim-pún.

—No es una canción muy alegre —añadió ella. Se rascó las raíces del pelo hasta que despidieron el agradable olor a hierba de una chinche apestosa recién aplastada. Sus piernas, en los pantalones de pana, parecían palitos de apio. Finn siempre había aceptado todas sus encarnaciones. Su yo famélico. Su yo en la sombra.

—La mayoría no lo son. Bueno, muchas no lo son —repuso—. Desconozco el porcentaje.

— *Feliz cumpleaños* es feliz, sobre todo en cualquier día que no coincida con tu cumplea-ños. ¿Te has fijado alguna vez en que para cantar en armonía debes ir por encima o por debajo de la melodía pero actuar exactamente de la misma manera que la melodía, como si fueras la melo-día, como si tu papel en la canción fuera la idea principal? Hay que actuar con seguridad cuan-do deliras. —Como en el amor. La armonía era difícil.

—Supongo que ocurre lo mismo en la música. Aunque, ¿qué sería de nosotros sin ella?

—Dos de nuestros asesinos de masas se llamaban Dylan. La música no sirve para nada —declaró ella.

Finn tendría que parar a echar gasolina de un momento a otro.

Y cuando lo hizo, de pie junto a los surtidores de autoservicio, el viento levantaba su escaso pelo y lo aplastaba contra su cabeza. El aire frío era como los mentolados, y el vaho de su aliento como los Salem fumados en el recuerdo, en otra época. Cuando volvió a subirse al coche, Lily estaba dormida. Arrancó y enfiló por el carril de acceso a la interestatal, dirección sur.

Durante el trayecto se sucedían las ráfagas de nieve, dispersas, que luego desaparecían, y el cielo adquirió y perdió el aspecto del hielo sucio. Cuando ya habían dejado largamente atrás el puente que cruza el Ohio, y se internaban entre las colinas de Kentucky, ¿o era Tennessee? —uno de esos estados que se echan de costado en señal de rendición, encajonados como una lasca de pizarra en un muro de piedras apiladas—, se metió por una salida que anunciaba un alojamiento un poco más adelante —6 KILÓMETROS—, y al llegar vio que era un adefesio con un porche doble llamado Hogar Turístico El Salto del Descanso, una vieja posada encaramada a una colina entre la autopista y un arroyo. A un lado de la casa había una vieja letrina, y al otro, una vieja bomba de agua con una manivela de hierro. Finn se estacionó, salió del coche y abrió la puerta del acompañante. El silencio repentino del motor la había despertado. Cuando dormía podía quedarse inmóvil como una foto. Luego, la vida penetraba en ella a hurtadillas y volvía a zumbar. Al despertarse soltaba un grito ahogado, como si la pellizcaran.

—¿Dónde estamos?

—Estamos en la esquina de la autopista de Garrison con la Carretera Hundida del Sur.

Lily estaba hurgando con manos torpes en la guantera.

—¿Tienes unos lentes de sol aquí dentro? Creo que debo ir con lentes de sol. —Sacó unos lentes verdes de aviador. Estaban torcidos—. ¡Ay, mira! —Se los puso.

—Una mezcla entre Janis Joplin y un policía del estado. Espera, voy a caer rendido a tus pies —dijo él, y la tomó en brazos.

—Me gusta mucho cómo suena eso, pero, de verdad, puedo caminar sola —dijo ella, retorciendo el cuerpo para liberarse.

—Apóyate en mí —replicó Finn.

Y con ella medio en brazos, subió por la colina hacia la puerta del Hogar Turístico El Salto del Descanso, donde había una luz que rezaba OFICINA y otra luz que rezaba, no tan segura de sí misma, PEN. Dejó a Lily apoyada en el muro del porche y volvió al vehículo para recoger la maleta. No muy lejos, el arroyo parecía desaguar en una represa que formaba un estanque, y le pareció oír de nuevo los mirlitones de contralto de los cisnes, los distantes ajustes de sus alas, chales retocados para no pasar frío. No habían dejado atrás a la bandada.

—Por aquí no hay buitres, ¿no? —preguntó ella. Los árboles tendían sus ramas desnudas al cielo, en expresiones de miedo, sorpresa, advertencia o por qué elegir.

—No —dijo él.

La decrépita mansión era un viejo armatoste estilo reina Ana. Detrás había un arroyo que desembocaba en una ciénaga, con un macizo de girasoles al otro lado. En la escalera había macetas de atanasias y crisantemos. Subió al porche lateral y, sin levantar el picaporte metálico de la puerta amarilla, entró directamente, con Lily en brazos, y luego la dejó a su lado, con los pies en el suelo. Ella se sujetó a su brazo.

—Esta casa es un poco fea —dijo Lily—. ¿Vamos a dormir aquí?

—¿Se te ocurre algo mejor? —Está bien, los muebles tendrían pelusas. Pero Lily no estaba en condiciones de quejarse del polvo o del moho.

—*Faute de mieux* —dijo ella.

La muerte le había sentado bien a su francés. Ella le tocó ligeramente en el brazo.

—*C'est bien, n'est-ce pas?*

Un friso de madera verde anclaba la estancia al suelo, con un papel pintado de flores de lis de pétalos dorados por encima. De las paredes colgaban láminas de pájaros: había perdices y urogallos.

—Me gusta el amarillo, *mais peut-être* no las *fleurs*. ¿Te acuerdas de que tuve un chaleco así? —preguntó Lily.

—¿Era parte del disfraz?

—Sí. —El tiempo compartido en el coche los había convertido en facetas mutuas, una característica y una fatalidad de los viajes por carretera y del amor. Finn agarró la maleta del porche.

—¿Qué puedo hacer por ustedes? —preguntó una mujer, levantándose de su silla. El cartelito que tenía en el escritorio decía NO SE ADMITEN ENFERMOS. Llevaba un suéter lila y su pelo era de un gris aterciopelado como la ceniza de una chimenea. Sin embargo, Finn alcanzó a ver que, debajo del suéter, la mujer iba vestida de un elegante negro, con un encaje que recordaba a una araña, a una viuda alegre italiana o a la infeliz madre de la novia. Tenía la cara trenzada de arrugas.

—Necesitamos una habitación —dijo Finn.

—Estoy atareada con otros menesteres —dijo la posadera abriendo la laptop. Tampoco se le veía tan ocupada. De hecho, la casa parecía vacía. Si les hubiera dicho «Veré qué puedo hacer», o les hubiera hablado de hierbas medicinales, Finn habría sabido que estaba en un episodio de una serie de los domingos por la noche. Pero Lily se le adelantó.

—Lamento si parezco salida de un pantano. —No se había quitado los lentes.

—Estamos acostumbrados —dijo la posadera, secándose las manos con el delantal—. Por aquí han pasado un montón de personajes a lo largo de las décadas. Jesse James fue uno de ellos, según dicen. Mucha historia, y muchos otros rebeldes de triste memoria y fugitivos de los que podría hablarles, si quieren saber más...

—No se preocupe. Con eso nos basta —dijo Lily.

La posadera torció el gesto.

—Hay sábanas limpias. Y aquí no robamos las joyas a nuestros huéspedes mientras duermen. También tenemos agua caliente. Aunque les agradecería que no la gastaran del todo.

Lo que necesitaban era asearse, lavarse un poco.

—Nos lavaremos un poco —dijo Finn.

—Perdone todo este polvo que llevamos encima —dijo Lily, toda cubierta de manchas. Empezaba a parecerse al cajón de sastre de la muerte. Finn se le arrimó.

—No somos tan sospechosos como parece —añadió Finn. Lily necesitaba un embaste o un desembaste. No estaba seguro. Despedía el olor de la carne de pollo al cabo de una semana.

Lily se miró las manos y, acto seguido, escrutó sus ojos y le susurró:

—¿Estoy demasiado...? No sé... ¿Traslúcida? ¿O es que me he oxidado?

Salvo las uñas, todo en ella parecía un poco descolorido, como ciertas ranas de la Amazonia o el museo Pompidou, con los engranajes a la vista. Alabado sea Dios por los franceses, que le habían dado a Lily algunas expresiones y un aire artístico muy de fuera de la gran ciudad.

La posadera los observó, y Finn pudo ver, quizá, la imagen que los demás se hacían de Lily: ¿esos moretones eran simplemente *moulage*? ¿Eran los zapatotes puro teatro? ¿Estaban juntos en un experimento o quizá en un circo ambulante? ¿La piel traslúcida era una ilusión? ¿Eran una medusa de mohair y su guardabosques?

—Mmmmm... —murmuró la posadera.

Abrió un cajón y sacó unos papeles. Luego, pasó la Visa de Finn por un antiguo lector de tarjetas, un artilugio plano de plástico. Aparte de la laptop, pocos aparatos electrónicos.

—¿Cómo se llama este pueblo? —preguntó Finn.

—Tyler —dijo la posadera.

—¿En homenaje al presidente?

—No. El pueblo se llamaba Turkeytail, pero le cambiaron el nombre. Tyler no era el presidente. Era un borracho que ganó una partida de cartas, así que le concedieron el honor de dar nombre al pueblo.

Pasó la Visa otra vez, bajó la cabeza para echar un vistazo y luego se la devolvió a Finn.

—Este caballo no anda. ¿Tiene otra tarjeta? También aceptamos efectivo. Y oro, plata, bitcoins y bitcoin *cash*.

—Un momento. —Finn le dio otra tarjeta.

Volvió a pasarla y esperó un momento antes de decir «Todo en orden» y devolvérsela.

—Si me hacen el favor de firmar en el libro de visitas, se lo agradeceré enormemente.

—¿Qué está pasando aquí? —murmuró Lily, con un aliento de gasolina.

El viento aullaba tormentoso en torno a la casa, silbando entre las ventanas de guillotina, transformándolas brevemente en flautas.

—Es una especie de auditorio —dijo la posadera.

Una versión de *Para Elisa* casi llenó el aire. Aunque se trataba, probablemente, de *Turkey in the Straw*.

Como si los hubieran convocado, dos músicos entraron por la puerta. Sus manos sujetaban las siluetas de reloj de arena de unas fundas negras de guitarra, como si estuvieran llevando sus propias sombras en brazos. Los saludaron con un gesto de cabeza y subieron por la escalera de camino a sus habitaciones. Quizá habría música más tarde.

—Este negocio pertenece a mi familia desde hace largos años. Muchos sueños fracasados. —Sonrió—. No todos míos. ¿Algunos? Simplemente los he heredado. —Volvió a sonreír—. No es una casa embrujada, ni nada por el estilo —dijo—. Es una casa de buena reputación. No tengo la escopeta cargada.

—¿Debería?

La posadera no le hizo caso.

—Les he dado mi mejor habitación, aunque tiene algunos parches —dijo—. Acumula mucha historia. Las ventanas tienen cristales emplomados. En uno de ellos podrán ver al viejo cirujano que amputaba las piernas de los soldados en el porche. Además, he remendado el papel pintado con trozos del palco presidencial, cuando los vendían después de que derribasen el teatro en Washington. Supongo que, como suvenires, pueden valer para los dos lados, aunque en esta casa somos fans del señor Lincoln.

—¿Y quién no? —dijo Finn, y la mujer levantó sus cejas espesas y todavía negras como si quisiera decir: «Yo no lo gritaría a los cuatro vientos».

—No voy a dar nombres —dijo ella, antes de cambiar de tema—. Esta casa aspiraba a convertirse en una pensión despampanante, si es que tiene sentido decir algo así. Un piano en la sala y qué sé yo. Incluso ahuequé las almohadas para que no quedara ningún bicho. —Le dirigió su sonrisa agujereada—. Tenemos un par de gatos bermejos aquí abajo, pero están en su rollo. Rojo y Menos Rojo. ¿Qué otro nombre se le puede dar a un gato?

—Yo tuve uno que se llamaba Hércules —dijo Finn—. Y otro que se llamaba Quiche.

—¿Esos nombres para un gato? —dijo la casera.

—Eso me temo.

En adelante, no intervendría cuando se tocaran temas felinos.

—Si encuentran algo arriba que no funcione, le dan una patada, un manotazo o lo desenchufan y luego lo vuelven a enchufar. Estamos en el zigzag de la línea Mason-Dixon y esto es lo que hay. A nosotros nos da igual, pero a los clientes a veces no. Y ¿saben qué? La semana pasada tuvimos un tornado que lo destrozó todo y ahora me toca dar alojamiento a dos huerfanitos humanos vivos, pero están muy callados y duermen en la planta baja. Se llaman Meghan y Lee. Meghan es buena gente, pero se le ve muy triste. De Lee, no sabría decirles. —Calló un momento, con gesto pensativo—. Servimos el desayuno aquí abajo hasta las diez. Antes éramos famosos por nuestros almuerzos decadentes, pero nos hemos vuelto más frugales. —Se aclaró la garganta como si quisiera disculparse—. Hay un pájaro carpintero que nos da lata todas las mañanas en el sofito izquierdo del tejado. Espero que no los moleste. Los gatos, claro está, no sirven para nada cuando se trata de pájaros carpinteros. Y he probado con aceite de menta, serpentinas metalizadas, carrillones y esos búhos falsos pintados. Ahora he pedido por correo una trampa despiadada. No soy una sentimental. No es vida que una criatura de Dios se pase la vida golpeando la madera con el pico.

—No lo es —convino Lily.

—Y eso que ni siquiera lo hacen para alimentarse. Es para impresionar a las hembras. ¡Un ritual de apareamiento! Mejor dar carpetazo de una vez por todas y que ese pobre animal pueda empezar de cero convertido en una especie completamente distinta.

Su habitación en la planta de arriba era húmeda como una iglesia y olía a pegamento viejo para papel tapiz. Una gran concha sujetaba la puerta para que no se cerrara. No había ni cerradura ni llave. Unas alfombras trenzadas, tiradas sin orden ni concierto, cubrían los tablones de madera de arce de la tarima. Las ventanas del baño y del dormitorio estaban reparadas con ambrotipos que hacían las veces de cristales emplomados. Finn había oído que era algo que se hacía con viejas placas fotográficas, cuando una ventana se rompía y no había otro remedio. Era un remiendo precioso, y en esos retratos variados los hombres tiesos, sentados, heridos, amputados, en un blanco y negro invertido, parecían titilar de interés cuando el sol poniente se movía detrás de ellos. Pero sus rostros adustos, incluso en aquel blanco y negro trastocado, le hacían sentir pena. Pese a su escepticismo hacia el mundo contemporáneo, ni una sola persona que viera representada del pasado le parecía feliz. Era como si mirasen fuera de las imágenes en las que estaban enmarcados con un profundo deseo de viajar en el tiempo y resucitar. Sus miradas decían: «Quédate donde estás. Se está mejor donde estás. Me gustaría estar allí. ¿Qué preocupaciones puedes tener? Cambiemos el lugar».

Los recuerdos de otra época y otras personas saturaban la estancia manifestándose en humedad. Cualquier tiempo tenía siempre otros tiempos por debajo. Si se le hubiera dado mejor la videncia, pensó, podría haber accedido a esos tiempos, y de ello se habrían seguido relatos confesionales, después de los cuales Lily y él tan solo habrían tenido que secar y desinfectar la casa prendiéndole fuego.

El baño tenía un ventilador de mesa, y Finn lo encendió para ver si funcionaba. Como cualquier motor del sur que hubiera encontrado a lo largo de la vida, era viejo y coral, con un ronroneo de más, y un zumbido. Volvió a apagarlo.

La tina estaba en la habitación, arrimada a la pared, en perpendicular a la cama. Estaba chapada en madera, algo que nunca antes había visto, y en los costados había algunos estarcidos ya desdibujados. El revestimiento de madera hacía más cómodo sentarse en el borde. Puso el tapón de goma en el sumidero y abrió el grifo del agua caliente, removiéndola hasta que alcanzó una calidez perfecta.

—Ven aquí —le dijo a Lily, y acunando su podredumbre densa y dulzona contra el pecho la metió en la tina con toda la ropa y los embozos que la cubrían, aunque no los zapatos, que ya le había quitado y había dejado en un rincón cerca de la ventana.

Una vez en la tina, le cortó toda la ropa, sus propios pantalones de pana incluidos, con las tijeras del estuche de afeitado que siempre llevaba en la maleta, y luego sacó la camisa y los pantalones de la tina y los tiró a un bote de basura. Tenía otra ropa para ponerle. La lavó con esmero empleando una de las toallitas de baño que la pensión facilitaba a los clientes. «Gracias —murmuró ella—. Gracias, gracias.» Su cuerpo era a un tiempo extraño y familiar, sus pechos parábolas de azul y café, y cuando la luz del anochecer viró afuera, su piel cenicienta pareció cobrar una fosforescencia. Tenía manchas en el tronco, pero también algunas zonas de color crema, como una vela new age. Finn puso los labios en el punto que le quedaba más cerca de sus clavículas ramificadas. Una pequeña sonrisa, alentada por el recuerdo, apareció en su rostro, pero no lo miró. Cuando le puso la mano levemente en el antebrazo, quedó una marca rosada en la piel.

Abrió un frasco de gel de ducha que había encontrado en el secreter. Tenía una etiqueta de los hoteles Hilton y un aroma especiado a geranio que recordaba a loción de afeitado, y la enjabonó para quitarle el hedor a pescado y a queso. Luego llenó una jarra de agua y la derramó sobre su cabeza, mirando cómo caía sobre su rostro y se mezclaba con sus babas. Sus ojos se cerraron y su boca se dilató formando una mueca de actor trágico apenado, aunque no hubo otro gesto, no hubo otro movimiento en sus hombros que apuntara a un sollozo. Y, sin embargo, sería un buen momento para llorar. Ahora sería un buen momento para dejar que llovieran lágrimas calladas de su crepitante cabeza: para eso servían los ojos. Para eso servía darse un baño. Quizá, la sensación del agua le estaba recordando a Lily lo que había hecho. Finn tomó una toallita y la pasó con suavidad por su cuerpo. La piel se le escurría levemente. Las descamaciones se acumularon en el agua formando una película parduzca. Cuando le bajó la toallita por un brazo, la piel de la mano, en remojo, pareció desprendérsele un poco y él se la volvió a enfundar como si fuera un guante. Lily estaba tan transparente como la oblea de arroz de un rollito de primavera; visibles, dentro de su cuerpo, los germinados y la col lombarda.

Frotó con más gel su cuero cabelludo, que se movía libremente sobre su cráneo. Aplicó la espuma a su pelo y luego llenó la jarra de nuevo y la volvió a vaciar sobre ella. Esta vez, el agua estaba más fría y pareció despertarla.

—Soy un pez —dijo ella.

—Eres un pez. O parecida a un pez.

—Mi madre es un pez.

—Sí. Eso también.

—Los invitados, como el pescado, huelen a los tres días. Supongo que ya me habré saltado esa regla.

—La regla del pescado no tiene validez para ti.

—Es la cosa más bonita que me has dicho en toda tu vida.

Cuando vio que ya no podía mejorar el resultado, la levantó y la envolvió en dos toallas blancas, que también deberían servir para limpiarle los restos de jabón.

Junto a la tina había un pequeño escritorio, quizá un tocador. Encima, colgado de la pared, como punto de referencia, había un espejo de marco dorado, repleto de manchas donde la plata se había descarapelado, y en su reflejo, circundado por el papel de la pared, con un diseño de rosas azul cielo, remendado con las hojas y las flores rosadas del palco presidencial (si se daba crédito a la etiqueta enganchada al lado), emergiendo de este palimpsesto de papel floral, se veía el holograma de una Lily muy cansada. Empezó a secarla con las toallas cuando de pronto se animó y dijo:

—Tengo que hacer pipí. ¿Puedes sentarme sobre la tapa?

¿Acaso había un indicio de vida más poderoso que las ganas de hacer pipí?

Una vez allí, Lily se inclinó y de pronto se desplomó hacia delante, con el pelo todavía enrollado y envuelto en una toalla.

—Me gustaba verme hacer pipí así. Una miradita por el hueco entre la tapa y el borde de la taza, y ver la lluvia, las bombas oscuras y los peñascos. La Tercera Guerra Mundial.

La ventana junto a la taza del escusado estaba

remendada con ambrotipos, uno de los cuales estaba colocado con la cara color rubí hacia dentro, de suerte que la mujer almidonada que aparecía en el retrato podía mirar al mundo mostrando su imagen verdadera. Pero el lado color rubí, al reflejar la luz del techo, daba una tonalidad rosa a la habitación. Una puesta de sol. Junto a la mujer almidonada había una muchacha cavilosa.

Se oía un goteo en el agua de la taza del baño.

Lily agarró un poco de papel higiénico y procedió a secarse por todas partes, empezando por la frente, de piel pálida como el sebo, sus ojos dorados como grasa de pollo, su gesto y su tez, de un turbulento y vibrante madreperla.

—Terminé —dijo ella.

—Tengo otra camisa que puedes ponerte.

—Gracias —dijo ella—. Tus camisas siempre me gustaron mucho.

—Necesitas muchas si eres profesor. Pero luego, como eres profesor y cobras un sueldo de profesor, no puedes comprarte otras. Así que terminan dándose. —Se interrumpió un momento—. Y luego te echan del trabajo.

—¡Y entonces me las das a mí! Me ayudan. Imprimen carácter, estoy convencida. Supongo que mi carisma siempre ha estado un poco en vilo. Necesitado de una imaginación impresionable...

—Es posible. —Ella sonrió y él, torpemente, le puso una camisa blanca. Parecía de pijama. Pero todo en ella parecía ahora de pijama—. ¿Vamos a la cama? ¿Estás cansada?

La ayudó a acostarse y la arropó con las sábanas y el edredón. El colchón, debajo, era sinuosamente viejo, y juntos distribuyeron los cuerpos por sus curvas y valles ocultos como en un distrito electoral dividido artificialmente. Finn apretó las rodillas contra el hueco de las rodillas de Lily. Ella suspiró.

—Todo esto me supera —dijo.

—Sí —respondió él. Sabía que el tiempo de ambos corría, que era probable que la perdiera de nuevo, quizá esta vez hasta verla evaporarse. Pero echado a su lado sentía los latidos, los trinos y los quejidos de su pulso y de su sistema nervioso.

—Pero ¿sabes qué? —dijo ella—. ¿Aquí contigo? Este es mi hogar.

Finn distinguió la tensión en la garganta de un cambio de tonalidad en una canción. Pero Lily nunca se sentía en casa, aunque eso no se lo dijo. No podía reprocharle que su espasmódico amor de exaltada fuera siempre así: una *flash mob* que surgía de la nada, una danza que nacía de movimientos descoyuntados y anónimos, para luego desdibujarse y perderse entre la multitud, que a veces gritaba «El mundo nos mira» y, otras veces, «Liberen a Barrabás».

—Los muertos prefieren la compañía de los vivos —añadió ella—. Se les da mejor el sarcasmo.

—¿Cómo es el sarcasmo de los muertos?

—No me provoques. Mejor que no lo sepas. O quizá te darían ganas. —Entonces se puso a cantar—: «¡Oh, qué bella es la noche, es la noche!»

Y él se le unió, en canon, como hacían años atrás para conciliar el sueño. Quizá volvería a funcionar.

—«Cuando suenan las campanas, las campanas.»

—«Ding-dong, ding-dong.»

Él le dio un beso en la cabeza.

—¿Tenemos una palabra de seguridad? —preguntó ella.

—Todas nuestras palabras son seguras.

—No. Todas son peligrosas. ¿Te acuerdas de esta canción? «En mi camisola cereza llena de pulgas / Cruzo las piernas y me rasco las nalgas. / ¿Puedes rascarme la espalda?»

—Podría —dijo él.

—Solo es una canción —dijo ella.

Notó que la piel de Lily se ahuecaba e hincó todavía más las rodillas en el hueco de las suyas. Pensó que su felicidad improvisada podría, si se lo pidieran, vivir para siempre en esa habitación como una lumbre que calienta.

Ella empezó a emitir un ruido relinchoso y luego a roncar. ¿O era él quien roncaba? Al cerrar los ojos y sumirse en los espacios posteriores de su cabeza, Finn ya no supo de dónde procedían los sonidos; quizá, una vez más, Lily y él estaban sincronizados. Los dientes de ella empezaron a dar chasquidos y a rechinar. «Chisss», le susurró él arrimándose a su oreja suave y oscura, y ella calló. ¡A lo mejor haciéndose la muerta! ¡Ja, ja! ¿No era eso la prueba de que vivir era divertido? Se esforzó en no recordar todas las formas en que se habían fallado el uno al otro. No podía dormir profundamente. La rodeaba con el brazo, pero tenía la sensación de que se había dislocado el hombro. Era como si todos sus huesos se hubieran descoyuntado, salido de quicio, así que se hizo a un lado y se puso de pie. En el suelo, había un orinal lleno de flores falsas. Lo apartó con la punta del pie y se dirigió a una estantería, que en la mayoría de las casas habría estado llena de figuritas, pero que allí contenía algunos libros. Encendió una lámpara y los examinó con la esperanza de encontrar algo que pudiera llevarse a la mesa de lectura que había cerca y leer un rato. Ninguno de los volúmenes parecía haber cambiado de sitio o recibido un golpe de plumero en mucho tiempo. Vio una araña y se acercó para matarla, pero se escabulló demasiado rápido: parecía pegada a su esquina, pero un segundo después, de pronto, saltó con gran velocidad y desapareció en el espacio. Finn volvió a mirar los lomos de los libros. En su mayoría, no tenían título, quizá cosas personales que alguien había mandado al encuadernador, aunque, eso sí, había una Biblia, una guía de mariposas, algunos libros de Dickens, un ejemplar de *La cabaña del tío Tom* y varias confesiones e historias de las batallas de la guerra de Secesión. Sacó la guía de mariposas. Las mariposas eran fantasmas, decía. La criatura terrenal era la oruga. La mariposa era el espíritu. Le pareció que era algo que ya sabía —¡pues claro que las mariposas eran fantasmas!— y devolvió el libro a su sitio, decantándose por un volumen quebradizo, de un rojo descolorido, con el lomo agrietado y las páginas parduzcas y con los bordes mal cortados. Contenía el diario de una mujer escrito a mano, como un epistolario. Lo hojeó y pudo ver que las cartas cubrían bastante tiempo, casi un año entero, y que iban dirigidas a una persona en particular, una hermana, pero que nunca se remitieron. A menos que fueran copias y alguien las hubiera hecho encuadernar. Empezó a leer.

«¿De verdad estás ahí arriba? ¿Me oyes? ¿O es que estás con nosotros aquí abajo?»

Queridísima hermana:

Tengo muchas extrañezas de las que informarte. Quizá es que no entiendo realmente cómo es la gente, yo incluida. ¿Es esa la sorpresa que nos tiene reservada el Señor? ¡Sorpresa! ¡Miren cómo son todos!

El apuesto huésped, Jack, ha redoblado desde hace un tiempo el hostigamiento a Ofelia. La naturaleza de la simpatía que le prodiga me tiene sin cuidado; es estrecha de miras y se le dirige como si fuera un objeto. Puede mostrarse efusivo con los otros pensionistas. De hecho, el día ya remoto en que llegó a esta casa, al encontrársela llena, montó la tienda de campaña en la parte de atrás y se comportó como un perfecto caballero. Una noche estuve con él en la tienda y hablamos de todo tipo de asuntos del corazón, y ahí me equivoqué. Ahora se toma libertades a la mínima oportunidad. Pero Ofelia la pasa todavía peor.

—¡Señorita Libby! —me ruega, acercándose a mí—. ¡Ayúdeme! —me susurra.

206

—¡No la moleste! —le digo yo al huésped cuando los sorprendo en esa tesitura, porque ella es demasiado tímida para valerse sola y además es muy prudente. Me echa una mirada de preocupación cada vez que él consigue acorralarla en un cuarto con la supuesta intención de conversar con ella. Ofelia, si puede escabullirse, se escabulle.

Ya muy tarde, después de que Ofelia se haya marchado a su casa, en las noches en que se marcha a su casa, él viene a hablarme de las personas de color y sus costumbres.

—Pues no tengo ni idea de lo que me está diciendo —repongo yo—. Y, a menos que lo estime oportuno, no veo necesidad de que me describa a Ofelia. Creo que ambas hemos compartido un buen trecho de nuestras vidas. No intente convertírmela en una extraña con sus explicaciones. Es amiga mía. Y déjela tranquila.

—¡Vayaaaa! ¡Ya veo que es usted una abolicionista entradita en años!

—Eso es, señor mío. —Me he visto obligada a echarlo en multitud de ocasiones, casi siempre con éxito, pero una vez se negó. Sentí que un asco nuevo se apoderaba de mí—. ¿Puedo añadir algo? La abolición ya está firmada.

Entonces, una noche, tocando la campanilla que puse en el vestíbulo de arriba, me convocó a su cuarto para informarme que se sentía mal. Estaba en la cama, en calzoncillos largos, con una chistera corta. Su indumentaria autocontradictoria no me sorprendió.

—Señorita Libby, me temo que estoy enfermo —dijo él esbozando una sonrisa.

—Pues me temo que no soy enfermera —le respondí yo—, sino solo una posadera. En la ventana hay un cartel del que tal vez podría haber tomado nota: NO SE ADMITEN ENFERMOS. No queremos que esto se convierta en un sanatorio. Pero aun así le subiré un té.

Y eso fue lo que hice. Aunque me tomé mi tiempo en infusionarlo y, para cuando subí a dárselo, me pareció que se había dormido bajo las sábanas. Se lo dejé en el buró y, acto seguido, se movió de pronto, me agarró de la muñeca y se la arrimó a su espeso bigote.

—Quiero oler su perfume —dijo.

—No creo que sea de los curativos —dije yo. Era una loción de manos francesa, muy cargada de rosas, y con toda seguridad hacía horas que se había disipado—. Es madera del diablo, con drupas —dije.

Me sujetó la mano con una de las suyas y me la acarició con la otra. Yo aparté la mía y di un paso atrás con tanta fuerza que estuve a punto de caerme.

—Esto no es un lupanar —dije.

—Me deja usted atónito —replicó Jack.

—Ahí tiene su té —dije yo. Señalé la taza con la cabeza y traté de marcharme.

—Es usted muy civilizada y se lo agradezco. Quería, con todo, plantearle un asunto.

—¿Un asunto?

—¿Tiene usted un espantapájaros en el jardín de atrás?

—Sí, tengo un huerto y no voy a permitir que los cuervos se coman las semillas.

—¿Y ese espantapájaros está vestido con el uniforme de un soldado de la Unión? —Guardé silencio un instante, mientras miraba cómo hablaba—. ¿Es para espantar a los secesionistas?

—¿Los rebeldes? Para ellos, tengo algunas atanasias y un macizo de girasoles. El viento los inclina muy fácilmente y se asustan.

—Señorita Libby, creo que ha comido usted demasiados frijoles de esos que planta. —Sonrió.

—Alguien tendrá que hacerlo —dije yo. Hasta entonces no supe que esas habas quizá tenían mala fama.

—¿Un espantapájaros vestido de azul federal? Eso admite dos interpretaciones distintas.

—Muchos rebeldes desdichados iban de azul. Para algunos, era todo lo que tenían, pertrechos de antes de la guerra —lo informé—. A menudo morían tiroteados por sus propios camaradas. —Me estaba mordiendo los labios, la lengua y todo lo que tenía en la boca como si fuera un filete de carne tierna—. Y ¿sabe qué? Tal vez se acuerde de que hacia el final de los combates los uniformes grises no consiguieron llegar hasta aquí. Problemas de transporte. Algún revés en Carolina del Norte, según tengo entendido. ¿Quiere tratar algún otro tema antes de que le dé las buenas noches?

—Pues sí, señora mía. Así es.

—Muy bien.

—¿No cree que Ofelia es demasiado salvaje para su casa? —Bebió de la infusión de melisa con limón que le había preparado mientras inspiraba largamente hasta dejar vacía la taza.

Le dije que no lo pensaba en absoluto y que no era quién para hablar mal de ella. Cuando me volví nuevamente para marcharme, me preguntó si podía servirle un poco más de infusión.

—Estaba muy rica —dijo.

Yo le respondí que sí podía.

—No tarde —dijo con un guiño inescrutable, a lo que yo le quité la taza de las manos y bajé. No sé muy bien qué me ocurrió después. Pero le preparé un té muy fuerte. Supongo que ya sabes a qué me refiero. Si te acuerdas de papá, cuando estaba tan enfermo casi al final, y de que tú y yo le preparamos un té con madre, sé que sabrás a qué me refiero.

Cuando volví arriba, con el candil y el té, él se había metido desnudo en la tina, pero no había agua. La charola de la tina le tapaba las partes pudendas. Tenía el pecho oscuro, lleno de vello. Había varias velas encendidas por toda la habitación. Su pie de corcho, con las correas, estaba en el suelo, junto a la tina, con el zapato todavía puesto.

—¿Cree que debo darme un baño de té? —preguntó.

—Me tiene sin cuidado lo que usted haga. —Era demasiado tarde para que le subiera agua para un baño. No iba a ponerme a bombear de noche. Dejé el candil sobre el escritorio y la taza sobre la charola de la tina.

Él metió el meñique en el té y se dio unos toquecitos detrás de las orejas. Sonrió satisfecho y se lo bebió todo de un trago, nuevamente. Yo ya me retiraba.

—Venga aquí —dijo.

—Solo agarraré la taza. —La puse sobre la mesa.

—¿Nada más? —Imaginé que estaba acostumbrado a los burdeles y que ahora medio creía que mi casa lo era.

Arrimé una silla y vi cómo se adormilaba en la tina y se escurría un poco hacia abajo.

—¿La hago feliz, Libby? —murmuraba—. Porque no quiero otra cosa en el mundo que eso. Pienso en usted cada vez que declamo mis versos isabelinos memorizados.

En lugar de responder, me lancé en una diagonal conversacional.

—Voy a contarle una historia que reviste cierto interés ahora —dije—. Hace seis años, tuve a unos cuantos soldados de la Unión aquí. Eran unos niños, solo niños. Muy jóvenes, no me dieron ningún problema. Estaban contentos de que la guerra se les hubiera aparecido. Un telegrama así lo confirmaba. Y bajaron de sus cuartos el Domingo de Resurrección y se sentaron a desayunar, y desayunaron con la noticia de que al presidente le habían disparado en la nuca. El presidente, que había sido su ídolo y su inspiración. Pues bien, apartaron las sillas de las mesas y se pusieron a sollozar sobre sus galletas. Unos chicos inconsolables que sollozaban e hipaban en Pascua. Fue desgarrador. Nunca lo olvidaré.

Entonces me asomé a la tina y le hinqué la charola en el cuello con todas mis fuerzas para que no hubiera gritos. Solo se le encendieron los ojos como ascuas. Estaban brillantes. La sangre se movía en ellos.

Me incorporé enseguida y le puse el cojín de mi silla sobre la cara y apreté con todas mis fuerzas. «He terminado con usted», dije. Y te aseguro que en menos de cinco minutos hube terminado con él. «La gente cree que no veo quiénes son —añadí—. Craso error que terminan lamentando.» El único pie que tenía no me dio mucha guerra. Sí tuve que esquivar algunos manotazos al aire. No tuvo tiempo de dedicarme alguna de sus palabras isabelinas, como furcia taimada, o pecho ruin y ulcerado. Practiqué una operación encubierta protagonizada por una sola mujer. Una flor silvestre que acomete la pringosa misión de cazar a una mosca. Fui un asfódelo que en realidad era una planta carnívora. Solo Dios sabe lo que era.

Pero me había quedado atarantada y agarré el candil, abandoné enseguida la habitación y cerré con llave.

Por la mañana, subí con una charola del desayuno sin gran cosa y fingí que me lo encontraba así, y Ofelia y yo lloramos juntas lo que no está escrito. La envié a la oficina del sheriff para dar aviso. No debería haberla enviado. Fui una cobarde por no ir yo misma. Pero ya no sabía del todo quién era. Aunque esa sensación solo me duró una mañana. Aun así, rara vez compete al perpetrador dar noticia de la muerte. Aunque supongo que habrá quien lo haga a veces, pero mi mente mira en todas direcciones y solo encuentra a nuestro presidente, cuyo asesinato fue prontamente anunciado desde el escenario, en delirante latín, según cuentan, inmediatamente después de una ruidosísima carcajada del público. Aunque otras personas que presenciaron aquel espectáculo de horror sostienen que no, que no se pronunció ni una sola palabra en latín. Lo del latín se lo inventaron después para adornar un poco su causa. El asesino ya tenía bastante con escapar cojeando a todo lo que le dieran las piernas. Desde luego, esa debe de ser la verdad.

Te quiero como los pollos,

Eliz

—No quiero desayuno —dijo Lily—. Pero sí quiero esta bonita bata blanca que venden.

—Creo que en realidad no están en venta. Y parece una bata de papel.

—Pues aún mejor.

Afuera, el pájaro carpintero empezaba a darle a lo suyo. Los estorninos ascendieron diseminados con su extraño pensamiento colectivo, arremolinándose.

—Veo que le ha gustado la bata —dijo la posadera.

¿Por qué la llevaba puesta Lily? ¿Había algún motivo real que lo explicara? Debajo llevaba otra de las camisas blancas de Finn. Era un cálido día de verano. La posadera salió de detrás del mostrador.

—Les preparé una bolsa con unos bizcochitos para el viaje. Deberían llevársela. También un poco de pollo frito, como hacemos el pollo frito aquí. Me sobraba comida. Si no recuerdo mal, ya les comenté que servíamos unos desayunos bastante decadentes, pero de eso hace muchos años.

—Gracias —dijo Lily. La bata de papel era como un capullo blanco que flotaba en torno a ella.

—Un brindis por la novia —dijo la posadera, alzando su taza de café.

—Gracias —dijo Lily, que no se había casado nunca y nunca lo haría.

—Sí, gracias —dijo Finn. Había robado el cuaderno de la habitación y se lo había metido en la pretina de los pantalones, cubriéndolo con el abrigo, aunque tenía la intención de devolverlo algún día.

La luz del amanecer era alimonada y brillante.

—¡Oh, Susanna! El sol asaba y morí helada —dijo Lily. Una oscura masa de altos pájaros migratorios decoró brevemente el cielo—. ¿Crees que son buitres?

—No. —Finn alargó el cuello para observar la uve de patos—. Los buitres vuelan en círculo.

—Sí, tienes razón. Como un lazo.

Ya en el coche, Lily bajó la visera y luego abrió la bolsa de bizcochos y pollo. Después de arrancar un arándano, se lo pasó por los labios y las mejillas para obtener un tono rosado.

—Salud instantánea —exclamó mirándose en el espejo. Luego tomó una pasa y se perfiló las cejas. Ya no parecía un árbol frutal, sino una acuarela pútrida y dulce.

Para distraerse y mantener la concentración a un tiempo mientras conducía, Finn repasaba los títulos de los libros que había leído en la universidad e intentaba recordar los nombres de sus autores.

—¿Quién escribió *Siete clases de ambigüedad*? —preguntó.

—Blancanieves.

—¿Quién escribió las *Obras completas de Voltaire*? Todo el mundo piensa que fue Voltaire.

—¡Cada día que amanece, el número de tontos crece! Ya lo decía Barnum.

—¿La pe y la te de P. T. Barnum qué significan?

—Pásame el Té. Simples modales.

—¿Quién escribió *La cabaña del tío Tom*?

—Ay, siempre me olvido de ese nombre, chico. No me hace ningún bien dormir en la fuente del parque.

—¿Quién escribió *La canción de Bernadette*?

—Bernadette.

—Te sabes un montón de cosas raras.

—Siempre me metes en tus clases y me obligas a hacer tus exámenes.

—Tampoco hago tantos.

—¿No?

—No creo en su utilidad.

—¿Qué quieres decir? Ir a la escuela es eso. La vida es eso. Un examen tras otro —dijo ella.

—Pero ¿qué miden los exámenes? —Se subió a su caballito de batalla. Tenía una cuadra llena—.

Yo te lo digo: ¿vives en una casa tranquila con una buena señal de wifi?

—No. Ahora mismo vivo en un coche.

—¿Dormiste bien esta noche?

—No, dormí fatal.

—¿Puedes concentrarte?

—¿En qué?

—¿Debes conservar un trabajo de medio tiempo? ¿Organizas tu tiempo de manera eficiente?

—Eso siempre me ha costado.

—¿Formas parte de una banda juvenil?

—Según cómo se mire.

—¿Consumes sustancias para mejorar el rendimiento como los cursos para preparar los exámenes de aptitud universitaria?

—Lo hice. Quise hacerlo. Una vez probé la pseudoefedrina. Con un café, creo.

—¿Tienes profesores particulares? ¿Fuiste al campamento de matemáticas? ¿Se te da bien engañar a los demás?

Lily se quedó callada.

—Muy bien —dijo al cabo. Luego añadió—: No, la verdad es que no se me da bien.

—No —dijo Finn, sin despegar los ojos de la carretera—. No se te da bien.

A veces eran adelantados por otros vehículos, parejas de jubilados que aceleraban para vivir emociones peligrosas, y Finn deseó que esos viejos lo llevaran consigo, dondequiera que fuesen. Pero iban mucho más lejos de donde él pretendía ir. Su GPS llevaba el timón y la señal de girar a la derecha ya había aparecido en la pantalla.

—Estoy mirando por mi retrovisor —dijo ella.

—¿Qué ves?

—Una carretera sinuosa que se difumina en una neblina.

—Me temo que eso es lo que nos espera por delante también.

—No tengo planes —dijo Lily.

Finn le echó un vistazo. Sus ojos acuosos de pronto parecieron desorbitados y fogosos.

—¿Qué significa que no tienes planes? Claro que los tienes. —Pensó que Lily quizá tenía sentimientos tan encontrados como los suyos.

—Acabo de leerme la palma de la mano, y ahora que no está sucia de tierra..., ¿sabes? —La introdujo un instante en su campo de visión periférica—. *Rien de rien.* El destino ha mutado.

Lily siempre parecía guardarse un as en la manga. Quizá, si seguía hablándole, podría devolverla a la vida.

—¿Te acuerdas del día que nos conocimos? —preguntó ella, y Finn, por supuesto, lo recordaba. En la tienda en la que unos jóvenes reparaban computadoras, tan llena de componentes informáticos que parecía un paisaje después de una batalla de robots. Él había ido a actualizar su computadora. Ella, a venderles su viejo iPod.

—Casi es el único sitio decente en el que la

gente puede conocerse ahora, en la vida real —dijo Finn.

—¿Eso era la vida real?

—No seas mala —dijo él.

—Cuando nos conocimos, dije: «Vamos a enredarnos y embrollarnos». Y tú me contestaste: «Sí, lo que tú digas».

La tienda de informática, los coches estacionados junto a la banqueta, el intercambio de números de teléfono, luego, a sugerencia de Lily —«Te mostraste algo insinuante», dijo él ahora—, Finn se encargó de organizarle una charla en la escuela en la jornada de Vocaciones Profesionales para que hablara a los alumnos sobre los enfermos y cómo podemos intentar que se rían y piensen que vivir es bello a pesar de todo. Vestida de payaso. Sin embargo, antes de que pudiera contárselo otra vez —porque a Lily le gustaba que se lo repitiera sin cesar, cómo la había amado de manera casi instantánea, aunque nunca pudiera alcanzar las cuotas más elevadas o más profundas de su yo infinito, o eso le había parecido, no solo ahora, sino ya desde el primer día—, Finn se sumió en una nueva fuga y desbandada del recuerdo. La presencia de Lily siempre había sido alternante, en cierta medida un conjunto de decisiones contrapuestas, ninguna de ellas inválida, ninguna de ellas válida: la decisión de Lily, la decisión de Finn, la decisión de ir a la escuela de payasos. Ella lo había invitado entonces a su departamento para que echara un vistazo a la tarima podrida de la terraza, porque él había tenido la estúpida idea de presumir de sus habilidades de carpintero y de haber pintado tres veces las paredes de su casa. «¡Mira qué podrida está! ¿Cómo vas a cazar a un hombre con una terraza así?», le dijo Finn, estando los dos sobre los tablones descompuestos y cubiertos de musgo. Al ver que ella le devolvía la sonrisa, continuó: «¿Disfrazándote de payaso para ganarte el pan y con una terraza así? Supongo que en realidad no quieres a un hombre en tu vida».

El rostro de Lily se aquietó y el silencio entre ambos se le hizo un poco interminable hasta que ella dijo: «Supongo que no».

Siempre se había sentido inerme ante ella. Su vida se convirtió en la imitación titubeante de una decisión personal. Era como un planeta perdido que orbitaba en torno a una gélida enana roja en lugar de hacerlo en torno a un sol de verdad. Ella le comentó que quería organizar un acto benéfico en pro de la planificación familiar y le dijo: «Todo el mundo habla del derecho al aborto de la madre, pero ¿qué me dices de los derechos al aborto del bebé? ¡El hijo no deseado también tiene derecho al aborto!». Solo ahora veía Finn señales en tantas cosas. La primera vez que durmieron en la misma cama, se volvió hacia ella por la mañana y le dijo: «Sé que es precipitado, pero creo que te quiero». Ella no había dicho nada, aunque él esperó un buen rato hasta que finalmente añadió: «Sé que tú también me quieres de verdad», a lo que ella había dicho: «¿Y qué?».

Ahora, rumbo al final, se intercambiaron los papeles.

—Sé que me quieres de verdad —dijo ella, observando su perfil. Habían pasado por montañas y valles colmados de una niebla láctea, y habían cruzado ríos sobre inquietantes puentes herrumbrosos. La carretera era un lazo que se desplegaba sin regalo.

—¿Y qué? —respondió él, mirando fijamente la calzada. Ella se volvió y echó un vistazo por su ventanilla; el gris y el amarillo de los campos volaba pausadamente.

—Visto ahora es cosa de dos —dijo ella con un suspiro, como si con un gesto despreocupado pero amplísimo señalara el caos de su pasado en común—. Podría ser un chiste. ¿Crees que funciona?

—Tú eres la experta.

—No sé. Sobre todo hago gags visuales. Como sueles recordarme. —Siguió mirando por la ventanilla—. ¿Te ha pasado alguna vez que odies cada cosa que ves?

Finn no dijo nada en un primer momento.

—No —respondió finalmente.

Ella bajó un poco la cabeza como si le diera la razón.

—Eres muy afortunado. ¿Alguna vez has pensado que el olor del césped recién cortado es un grito de auxilio del césped?

—Quizá. —Estaba fracasando en el intento de mantenerla con vida. Conduciéndola a su muerte una segunda vez. O quizá esta contaba como la tercera. Daba igual cuántas fueran: volvía a pasar lo de siempre. Quizá no era más que un asesino.

—¿Te acuerdas de mi monociclo?

—¿Cómo iba a olvidarlo?

—Acababa de aprender a llevarlo. Me estaba esforzando muchísimo en aprender; los números cómicos para niños no consisten simplemente en caer de pompas, o contar chistes que dan hipo, o tirarse ventosidades, aunque eso siempre funciona... Pero yo era una retrasada.

—Ya no puede decirse «retrasado» —la regañó él. ¿Cuántas reuniones de maestros había tenido a lo largo de los años en las que se había tratado ese tema?

—Lo sé, pero eso es lo que era, realmente. —Se quedó callada un momento—. Es lo que tiene la muerte —dijo—. Puedes decir lo que te dé la gana.

—¿Es un espacio seguro?

Ella asintió con gesto distraído.

—Por lo menos lo es para mí.

«Pero no para los niños con dificultades de aprendizaje», fue lo que no le dijo Finn. En su lugar, le preguntó:

—¿Has pensado alguna vez que las relaciones que todos mantenemos con los demás son un invento? ¿Pero que a veces tienes la suerte de conseguir que otra persona participe del invento contigo?

—Los inventos están bien. ¡Eh, no olvides que la bombilla fue un invento! Y mira qué pasó. Chistes de bombillas a mansalva. Me encantan los chistes de bombillas. Aunque ahora, a bote pronto, no se me ocurre ninguno. Se pasa mal cuando no te viene ningún chiste a la cabeza. —Se mordió los labios—. Los chistes son dispositivos de flotación en el gran mar de una vida de pesares. Son las señales de salida en un cuarto muy oscuro.

—Pero a ti siempre te han salido los chistes visuales. —Se quedó atrancado—. Te recuerdo haciendo zigzag con el monociclo.

—Sí. Al final tuvimos problemas con el seguro.

—¿Qué terminaste haciendo con él?

—¿Con el mono?

—Sí.

—Lo vendí por eBay.

—Eso es. Tuviste una época muy eBay.

El arenero seguía deslizándose a un lado y a otro en el asiento trasero.

—¿Te acuerdas de los gatos que tuvimos antes de Crater? ¿De Lumpling y Dumpling?

—Claro —respondió él.

—¿Recuerdas que Lumpling no entendía nada cuando tuvimos que sacrificar a Dumpling? Habíamos llamado al veterinario, y bajó al sótano a ponerle la inyección letal, y ahí estaba Lumpling, saltando y diciendo: «¡Hola, hola, qué alegría verlos a todos!». Incluso cuando Dumpling murió. Y luego se lo llevaron y Lumpling no entendía nada y se sumió en un profundo abatimiento que le duró varios meses. Buscaba a Dumpling por toda la casa, día tras día, hasta que desarrolló una neoplasia maligna muy peliaguda que le reventó los senos y él también empezó a morirse.

—Así que yo soy Lumpling —dijo Finn.

Hubo un silencio más largo que la mayoría de sus silencios. Finalmente, ella dijo:

—¿No preferirías ser Dumpling?

—¿Por qué quieres ser tú Dumpling? No tienes ninguna obligación de serlo.

Ella asintió.

—Lo pensaré.

Él también asintió.

—Son tiempos difíciles para hombres y mujeres. Son tiempos difíciles para nosotros.

—Hombres y mujeres. Sí. ¿Sabes una de las cosas que siempre me gustaron más de ti? Nunca fuiste uno de esos hombres hombres-mujeres. Nunca fuiste uno de esos tipos sospechosos que dicen «Me gustan mucho las mujeres».

Finn se quedó callado un momento.

—Pero me gustan las mujeres.

—¡Ay! ¡Ahora vas y lo echas a perder!

Aunque avanzaban por la veleidosa carretera, esta parecía en cambio precipitarse sobre ellos, de suerte que ambos eran como agujas en las que se enhebra un hilo. A cada lado del asfalto velocísimo, la hierba era amarilla, retorcida y plana. Y en el lado de Finn, la línea discontinua desfilaba como una secuencia de índices bursátiles en una pantalla.

—¿Te acuerdas del día que me ayudaste a preparar un pastel para celebrar el cumpleaños de Lincoln con mis alumnos, y tamizamos un montón de harina, y parecía que hubiera nevado dentro de la cocina?

—Siempre nieva dentro —dijo ella, gnómica y quizá distraída.

—De todos modos, ¿de qué sirve pasar el tamiz?

—Para encontrar el oro. Para encontrar el premio.

—Eso es. Para encontrar el premio y matarlo pasándolo por el rallador. Eso se te daba bien.

—Gracias.

—¿Me recuerdas a qué necrópolis nos dirigimos? —preguntó él. Era como si ambos intentaran apartar la idea de sus mentes.

—A la de Las Muertes De Policías Pueden Importar A Veces. Los forenses clandestinos. Todos los muertos tendidos en el suelo como si fuera un campo de batalla en el que todavía se libra batalla.

—Eso es. Carajo.

—Todo está por verse todavía. ¿Lo entiendes?

—¿Quieres conducir tú?

Lily cerró los ojos.

—¿No querías hacer este viaje? ¿No querías que me apareciera en el cementerio verde y me presentara ante ti?

—No sabía que solo necesitaras un chofer.

—No solo necesitaba un chofer.

A Finn empezó a cerrársele la garganta.

—También quería verte, Finn —dijo ella—. Eso también tuvo su papel. Saber que estabas bien.

—¿Su papel? Bueno, es evidente que no estoy bien.

—¿Vas a necesitar que toda mi motivación se centre en ti? —preguntó ella—. ¿No quieres compartir conmigo toda esta obra lúgubre?

—Sí. Quería toda esta maldita obra lúgubre solo para mí. Dios, Lily. Eres inmisericorde.

La ventosidad que surgía de su cuerpo no era la típica de la muerte. Contenía un roce de hojas, una especie de canción de vuelta a la escuela y un paquete viejo de cena congelada derretida.

—¿Crees que por mi... condición no tengo sentimientos? —preguntó ella.

Él se rascó la cabeza.

—¿Me puedes recordar qué hace la gente en ese sitio al que vamos?

—Estudian el cadáver para averiguar quién fue el asesino y cuánto tiempo lleva suelto. La mayoría de los asesinos consiguen esquivar la justicia durante un tiempo. Voy a ayudar a resolver crímenes.

—¿Y qué ha sido de tu deseo de convertirte en un muñeco para pruebas de impacto? La seguridad automovilística parece una causa noble.

—Eso es en Motor City. En sentido contrario.

Sí, un cadáver para pruebas de impacto. No soy una buena conductora.

—No tienes por qué serlo. El muñeco no conduce. No siempre, en todo caso. Aquí conduzco yo. Puedo dar media vuelta ahora mismo.

—Claro que sí. ¿Lo ves? Soy tontísima. Es como si ya hubiera tenido un accidente. Es como si me hubiera dado de cabeza contra el espejo retrovisor. Es como si me hubiera clavado el pecho en la guantera y se me hubiera partido el corazón en dos como una manzana.

«Puedes ahorrártelo» fue lo que no le dijo Finn. Tampoco dijo «Y dale con las manzanas».

—Supongo que en esa instalación policial hacen cosas como analizarte los niveles de minerales en el brillo subyugante de tus ojos. El número y la naturaleza de los escarabajos que pululan por tu gelatina personal.

—Eso hacen, por supuesto, entre otras cosas.

—A lo mejor deberíamos volver a cantar. Podríamos cantar canciones de los Beatles para entrar en materia entomológica.

—*«Don't you love farce?»*

—Eso no es una canción de los Beatles.

—Culpa mía... Pensé que te gustaría lo que me gusta a mí.

—No —dijo Finn.

—¿No somos dos? Aquí, por fin. En... No, mejor «sobre»... Sobre la tierra.

—Nunca me gustó esa canción.

—A nadie le gusta esa canción. Aun así, era nuestro himno en la oficina de payasos. Mal asunto si no te gusta tu himno profesional. Hay que ser fiel a tu escuela.

—Nunca he trabajado en un sitio que tenga himno.

—Pues deja que te diga algo: tú te lo pierdes.

—¿Te sabes alguna canción de Death Cab for Cutie?

—Eh, no —dijo ella—. Ninguna.

Él se quedó callado un momento.

—¿No quieres que la gente que se reúne para homenajearte cante canciones?

Lily exhaló una especie de ronquido mucoso y engreído.

—Okey, me estás tomando el pelo, perfecto.

Finn frenó y luego se detuvo para evitar dos pavos de cabezas plateadas y plumas azabache que cruzaban la calzada tranquilamente, como si nunca hubieran visto un coche en esa carretera.

—¿No quieres algo real? ¿Una lápida? ¿Un indicador de algún tipo? ¿Para que pueda ir a verte?

Mientras esperaban a que los dos pavos terminaran sus glugluteos y sus contoneos, Finn se volvió hacia ella. Lily tenía la vista clavada más allá del parabrisas. Se le había puesto la mirada de las cien yardas. En su piel se percibía una decoloración, de la misma manera que una abeja muerta en un alféizar de invierno pierde todo el amarillo. Parecía mascar chicle, aunque sin duda era la carne de su mejilla.

—¿Quieres eso? ¿Una lápida? —preguntó ella, ausente.

El olor a algas de estanque brotaba de sus dientes cuando hablaba.

Finn decidió que el cielo era un destino mejor para su mirada y se inclinó sobre el tablero para mirar hacia arriba a través del parabrisas. ¿Venus podía salir por la tarde? ¿O eso era Júpiter? ¿Y por qué la raza humana estaba tan interesada en Marte y no en Venus? Venus estaba cerca. Era amor. Era el pasado nebuloso. Pero todas las claves del futuro estaban ahí, si bien localizadas donde siempre, en el pasado. Así que viaje en el tiempo. Algún día sería posible.

Volvió a recostarse en el asiento.

—¿Yo? ¿Para mí? Quiero una bonita roca de tamaño medio que centellee un poquito cuando haga sol. Quiero que esté cerca de una mesa de pícnic. Y la quiero grabada con mi nombre, dirección y número de teléfono.

—Tu número de teléfono. —Lily movió la mandíbula a un lado y a otro, de nuevo como si ella misma fuera un chicle—. ¿No quieres una frasecilla sensiblera que resuma toda tu vida?

—Eso es. Quiero: BUENO, QUÉ RARO HA SIDO TODO.

—En mayúsculas.

En realidad solo quería algo convencional. Una lápida de piedra cubierta de liquen en el cementerio de la iglesia en la calle de la Iglesia.

—Todo en mayúsculas. Y también: NO HAY EMOJI QUE DESCRIBA ESTO.

—Y también: ATENCIÓN A LAS CLÁUSULAS SUBYACENTES.

Los pavos habían terminado por fin de cruzar la calzada y Finn volvió a arrancar.

Los árboles patéticos y la maleza muerta pasaban volando, y para quitarse a Lily de la cabeza un momento se concentró en las técnicas de producción de ADN recombinante, en George Harrison, en las abejas cortadoras de hojas y, por supuesto, en los alfilerazos salvajes y titilantes de los planetas. Reanudó la contemplación de lo que le parecía un enigma. ¿Por qué quería todo el mundo viajar a Marte? No lo entendía. ¿Acaso la gente quería celebrar bodas marcianas? Lo único que debería importarle a la gente era evitar un destino venusino.

No se creía adónde viajaba.

La luna, lejos de elevarse en el cielo, parecía hallarse ahora en un parón lunar. Gibosa, creciente, casi a las puertas de estar llena.

No se creía adónde la llevaba.

Un meteoro quedó suspendido sobre el horizonte, a baja altura, inmóvil, y luego aceleró instantáneamente hasta desaparecer. Casi volvía a ser de noche. Volverían a viajar en la oscuridad. No se arredrarían ante las estrellas mironas y su gloriosa insolencia. Los mirlos acuáticos, los dioses, los guerreros, todos titilaban en torno al emoji ambiguo de la luna. El universo particular de Finn y su nada estaban ahí abajo.

—¿La pasaste bien con Jack?

—¿Qué?

—Ya me oíste.

—¿Eh? —dijo ella, su broma recurrente de hacerse la sorda. Luego añadió—: Con Jack, fingía. Con él todo fue fingir.

—¿Y conmigo? —Finn estaba cambiando de opinión acerca de todo. La rueda de las estrellas en el firmamento: ¿qué eran ellos, con sus banales infortunios, bajo el fuego gélido que se alzaba sobre sus cabezas?

—Sí. No —dijo ella—. ¿Contigo? Fingía mucho menos. —Miró por la ventanilla—. El amor no puede aparecer a menos que tengas la libertad de amar. Tienes que ser libre o no es amor.

Ahí Finn supo que estaba hablando de su enfermedad. De aquel cuarto de invitados en su cabeza que era el cuarto suicida, en el que se habían encendido todas las luces y se habían abierto todas las puertas de par en par. Del golpe mortal contra el cristal letal. Pero aun así saltó.

—¡No! El amor es un sentimiento y un estado que rara vez espera a que se den las condiciones ideales. Se puede amar en un hospital, en una cárcel o en una guerra.

—No, no se puede. No de verdad.

—Uno puede amar a su captor.

—Eso es el síndrome de Estocolmo —dijo Lily.

—Los suecos saben mucho del amor.

—Sí. El país del sol de medianoche. Allí puedes echarte toda la noche pintando la casa si quieres.

—¿Te has convertido en la muerta inquieta? ¿En un fantasma que habla por los codos?

—Supongo. Imagino que a estas alturas del partido podría estar más callada.

Él siguió conduciendo.

—No estés más callada —dijo.

A Lily volvió a ponérsele la mirada de las cien yardas. ¿Dónde estaba el receptor abierto? Ah, sí. Ahí.

—Fui la mujer loba en el documental sobre el Ártico —dijo ella, finalmente—. Buscando un sitio donde tener a sus cachorros hipotéticos. No lo encontré. Hacía tanto frío, y llegaron las nieves, luego se marcharon, y luego volvieron a venir. Fue entonces cuando empezaron los aullidos y unos extraños lobos machos se me acercaron.

—Y yo era uno de ellos.

—Y uno de ellos no lo era.

Por la ventanilla, los postes de cama de los dolientes árboles azotados por el viento agitaban sus ramas con bostezos estridentes de brazos que se desperezan.

—¿Te acuerdas de cuando viajamos a la Luna y la gente nos vio por la tele? —preguntó ella.

—Me acuerdo.

—Fue divertido.

—Nos metimos a fondo en la sonrisa de la Luna.

—Más bien una mueca.

—La mueca parpadeante de la Luna. Y encendimos una hoguera en la cara oculta de la Luna para indicar que estábamos allí, en perfecto estado, listos para marcharnos. Memorizamos las galaxias que retrocedían velozmente, sintiéndonos más solos que nunca en el universo.

—¿Te acuerdas de cuando te encontré en una nave espacial apachurrado en Nuevo México y tuve que llevarte a casa?

—Era necesario.

—Hay que hacerlo todo una vez en esta vida. Supongo.

—A lo mejor es que no somos tan brillantes.

Ella suspiró.

—Eso nunca lo sabremos.

Queridísima hermana:

Al sheriff parece que le da igual. O no cree una palabra de lo que dice Ofelia. No lo tengo claro. O quizá sea algo completamente distinto. Si bien espero que el brazo de la ley llame a mi puerta de un momento a otro, todavía no lo ha hecho. Me da por pensar que Ofelia, que está atareada abajo mientras te escribo estas líneas, tal vez se asustó y no le contó nada de nada al sheriff. Quizá solo dio una vuelta a la manzana. Así que ahora estoy en un brete. Puedo entender lo que es un brete. Además, es muy cierto que ahora me he convertido en todas las cosas isabelinas que Jack me declamó en ese mundo del espectáculo de su propia cabecita —la moza infiel, la condenada perra loba, la mohosa almendra huera—, cosas que a pesar de mi nombre y mi hospitalidad no acierto a hospedar en absoluto con la comprensión necesaria. Una vez lo oí referirse en cada uno de esos términos a otras personas.

No obstante, le pregunté a Ofelia si teníamos bastante harina de maíz para pasar la semana.

—Eso creo, señorita Libby. También he encargado un poco más de mantequilla y té en la tienda. La señorita Ann lo ha apuntado a su cuenta.

—Más té —dije yo, como si fuera un artículo misterioso al que todavía estuviera empezando a acostumbrarme.

—Solo una libra —añadió ella—. Es de Ceilán.

—Es excelente —dije yo, y me escabullí enseguida.

Necesito que el pastor pase por aquí y departir un poco con él. Necesito que me diga cosas santas y bobas y que se le ponga en la cara una máscara de compasión. Me arrullará con sus palabras tediosas y el ritmo de mi respiración recobrará el compás. Procurará iluminar y disipar las sombras que anidan en mi corazón y sus intentos me divertirán y concitarán mi admiración, pero poco más. No tengo planes de confesarme. Aun así, ganarme el cielo sigue interesándome en vano.

Siempre tuya, aun aquí abajo,

Eliz

—¿Me recuerdas qué hacemos aquí?

—¿Qué quieres decir?

—¿Estamos volando? —murmuró Lily. Acababan de superar una pequeña colina en la carretera—. Me está entrando una sensación Chitty Chitty Bang Bang. Me gustaría pensar que somos felices como las alondras, que cantan en el aire. Pero no lo sé. —Se miró el abdomen—. Es como si me hubiera crecido un bolsillo de asiento de avión, con instrucciones para el amerizaje. *Entrañas* no es una buena palabra, ¿no?

—Eres visceral. Repleta de augurios fatídicos.

—Mi cuerpo es un bolso hialino.

Finn sentía el tictac de la vida de Lily contra las ventanillas del coche. Las lindes de su cuerpo, finas como el papel, se habían replegado sobre sí mismas. De pieza de origami había pasado a ser un fajo.

—¿Estás bien? —preguntó él.

—Por momentos tengo la sensación de que no estoy en una autopista, sino en una vía de servicio, avanzando a paso de tortuga.

Sin apartar la vista del camino, Finn apoyó brevemente la cabeza en ella.

—Oigo el bombear amortecido de tu corazón.

—¿El bobear amortecido?

—Bombear.

—Me pregunto si hemos conseguido extraer todo el lodo de mis oídos. ¿Sabes una cosa? Ya sé que solo faltan unos días, pero Halloween es muy insultante para los muertos. Justo ahora empiezo a entenderlo. Está mal. Es una falta de consideración. ¿Por qué insulta la gente a los muertos con todos esos esqueletos maltrechos, fantasmas y «personas» con cuchillos de goma clavados en rellenos en el pecho? ¡Los muertos se esfuerzan en querernos! ¡Quieren invitarnos! Y esa es la forma basta que tienen de agradecérselo.

—¿Invitarnos?

Quizá Lily y él habían salido de un estado de alucinación controlada para ingresar en esquirlas aleatorias de realidad. Finn ahuecó el pie sobre el acelerador. Entre ellos, en el coche, había el ambiente eléctrico de un choque de voluntades. Ya no se reconocía a sí mismo. Pero tampoco se veía como un atributo de ella. Sintió el débil tintineo de la discordancia, el estado y el sentimiento de cada casa en la que había entrado a lo largo de su vida. A izquierda y derecha, se sucedían ondulantes unos muros bajos de piedra no canteada.

—Supongo que nos acercamos —dijo Finn.

—Qué cosas más bonitas me dices —murmuró ella.

—No, me refiero a que nos acercamos al sitio.

Cuando se les apareció la voz del GPS del coche, los dirigió por una carretera del condado, y luego por un camino de tierra indicado con una señal de SIN SALIDA, momento en el que Finn supo que casi habían llegado.

—Sin salida —leyó Lily.

El camino bacheado hasta la granja de cadáveres estaba flanqueado de almeces larguiruchos. Los neumáticos escupían piedras que chocaban contra las salpicaderas metálicas. La cota más baja del camino, en un cauce fluvial, tenía suaves rugosidades, como un paladar.

Había un segundo letrero, pequeño: ÁREA FORENSE. PROHIBIDO EL PASO.

Perdónanos nuestros malos pasos.

—La gente siempre cae en la tentación. Y obedece. Luchamos contra ella con convicción, pero sin demasiada fuerza. Bueno —dijo Lily—. A estas alturas, ya estoy en tiempo de prórroga, pero tengo que buscar las reglas en Google.

—Creo que, después de la temporada regular, los partidos de los *play-offs* se deciden por muerte súbita.

—Bueno. Supongo que la regué con lo de súbita.

—El sorteo tirando una moneda al aire es importante. La posesión es importante.

—La posesión —dijo ella. Hizo ver que le daba vueltas—. ¿De qué estamos hablando aquí realmente?

—De lo que siempre hablamos. —Apagó el motor y todo quedó en silencio. Dejó las llaves en el contacto y los faros encendidos.

La granja de cadáveres parecía colindar por detrás con una granja convencional, como si el campo de cadáveres se hubiera llenado de granjeros que, después de arrojar la toalla, hubieran desfilado hacia el recinto y se hubieran tirado al suelo para dejarse morir. Podría haberle pedido a Lily que le guardara un sitio en el cielo, pero ella se habría limitado a negar con la cabeza y a decir: «¿Qué te hace pensar que me invitaron a *esa* fiesta?», o algo por el estilo, y el movimiento negativo de su cabeza la habría hecho girarla en un ángulo extraño e irreparable hasta convertirla en la imagen de una lámpara de escritorio con la pantalla rota.

El faro del costado de Lily se apagó de pronto y al coche solo le quedó un haz de luz que se proyectaba sobre la hierba color estiércol, alta, a la altura de la cintura, como una linterna. En lugar de una linterna.

—¿Cómo saltamos esa valla? —preguntó Lily.

Finn vio que un tramo de la valla estaba hundido y que cualquiera podría saltarlo. Pero no lo comentó.

—Esperemos a que llegue la parte más negra de la noche.

Sintió que una especie de furia se apoderaba de él.

—Oh, señorito Crepúsculo Crepuscular. —Lily se volvió hacia él y lo miró con una chispa desconcertante—. Siempre con la oscuridad. Créeme. No insistas como si no te entendiera.

—Te quiero aquí, en el mundo, donde te corresponde —dijo él de pronto.

—Quizá el mundo que me corresponde es precisamente aquel al que me dirijo.

—¿Tu nave espacial puede quedarse suspendida en el aire? ¿Te espera tu nave nodriza? —Dio unos golpecitos con los dedos en el volante, antes de darle un manotazo.

—*«You've lost that loving feeling»*, chico —dijo ella.

—Me da pena que te vayas. Y que no la hayas pasado bien. —Intentó contener el llanto—. Lamento no ser motivo suficiente para que ni siquiera lo intentes. —Finn sabía que la enfermedad no funcionaba así. Se suponía que no debías tomártelo como algo personal. A la mierda.

—Pasé buenos momentos, uno o dos. Además, Finn, no es responsabilidad tuya. No eres el anfitrión.

—¡Soy el anfitrión! ¡Por lo menos soy el anfitrión de mi propia vida!

—No eres el encargado del catering. Y no eres el dueño del restaurante.

Finn se estaba perdiendo.

—¡Necesito comida para llevar!

—¿Qué?

—Mierda, Lily.

—Me has traído aquí, Finn. Has conducido tú, ¿okey?

—¡Estos GPS están chiflados! El coche parecía tener una lógica trastornada —se justificó—. He cambiado de opinión. No es tarde para que tú cambies también. Sé que puedes hacerlo.

—Ay, Finn. Solo soy un bache en tu carretera. Quizá como ese por el que acabamos de pasar, te dará una pequeña sensación de despegue.

—No. Lo que parece es que yo soy un bache en tu carretera.

—Eres una persona preciosa con años de vida por delante. Olvídate de mí. —Pareció que Lily intentaba esbozar una sonrisa de compasión. Sus ojeras habían adquirido un color verde salmuera. También sus párpados. Ahora, entre ellos, solo había un silencio doliente—. No espero que sepas entender a las personas exhaustas que, como yo, cuando ven una señal de salida quieren tomar ese camino. Somos así y ya está. En realidad no tenemos elección. Como es probable que tampoco la tengas tú cuando no me entiendes. Pero gracias igualmente por llevarme por esta ruta con vista.

—Sí, este paisaje infernal ha sido épicamente inmersivo. Pero no te he visto comprar ninguna postal en la tienda.

—Ups. Sí, postales. Ahora sí que me estás llevando a un sitio oscuro.

—Me da risa.

—¿Lo ves? Ahí lo tienes. ¿Era tan difícil? —Un pedazo de dolor pareció ascender desde su vientre, abriéndose paso en su cara para escapar.

—Lily, ¿no lo ves? —Y Finn pudo sentir la absurdidad de sus propias palabras mientras se formaban, ondeaban, volaban—. ¿No ves que tenemos que estar juntos? Sé que nunca has sido capaz de encontrar un hilo narrativo que te permita atravesar la indiferencia del universo... Pero yo puedo ser un puntal que te ayude a hacerlo. No formo parte de la indiferencia.

Su expresión de alegría era tan seca que parecía tener siete tipos de áridos distintos sobre la cara.

—Ay, Dios, Finn. Toda esta desesperación e insistencia tuyas, ¿de qué sirven?

Él se movió incómodo, intentando abordar la situación desde otro ángulo. Su trastorno era lo que aplastaba toda esperanza. También mataba las ilusiones que contenían la esperanza, como pompas de jabón que encerraban un aire tornasolado antes de reventar. Lily estaba unida a una obliteración que siempre llegaba en todos los frentes. Si no podía ganar, se empeñaba en fracasar. Su radar era incapaz de detectar los lugares intermedios en los que la vida real ocurría. Eso también era su enfermedad: un radar defectuoso.

—Cuando digo juntos —dijo él—, me refiero a vivir juntos en el mismo planeta infernal en la misma época infernal. No necesito que me ames. No estoy seguro de haberlo necesitado nunca. Con mi amor por ti me basta. Tengo a mi hermano. Tengo un trabajo. Solo necesito que estés dispuesta a intentarlo.

Ella miró a su alrededor.

—A este sitio no le vendrían nada mal unos muebles de jardín.

—Quiero que te cases conmigo —dijo él.

—¿Me estás proponiendo matrimonio?

—Supongo. Sí. Lo hago.

Su chica apesadumbrada, su salobre preciosura, su Diamond Lil: «Sí, di que sí».

Finn nunca había pedido mucho, pero ahora la carcajada de Lily fue un estallido inequívoco: «¡Ja!».

Creyó que el arco y la posición de su boca constituían una sonrisa sincera. Quizá. Esbozó una sonrisa a modo de respuesta.

Porque era ahora o nunca para las sonrisas, la petición, para todo. De hecho, antes de ahora había sido nunca, pero Finn quería ponerle solución, hacer que el tiempo diera marcha atrás, hacer que el aire se hiciera más cálido y ligero, despedir al personal de continuidad de la Madre Naturaleza y de Dios.

—Seguro que encontramos por aquí un juez, un funcionario, una pareja, un testigo. Puedo conseguir un testigo. ¡Mira! —Se metió la mano en el bolsillo y sacó una pastilla de jabón de la pensión turística—. Un Cashmere Bouquet para tirárselo a una de las damas de honor. Da igual si el funcionario es también dama de honor. Hace tiempo que quería pedírtelo, Lily. Siempre quise pedírtelo. Ahora te lo suplico, cosa que, siendo realistas, ha quedado un poco anticuada. La gente ya no suplica mucho hoy día.

—No.

—Pero yo sí. Te lo suplico. —Todo era desesperado: como Eurídice, Lily se había encariñado más del inframundo. Secuestrada por la muerte. Los náufragos no eligen puerto.

O a lo mejor no era Eurídice, sino tan solo un bichito encantador e irrelevante, algo con el correteo de un escarabajo, el sentir kamikaze y colectivo de una hormiga, el trasero con cuernos de una tijerilla. Los ruegos humanos eran inútiles. Se sintió un tanto desesperado y superado. Lily era una hauntóloga: una destructora de futuros, peligrosa y ridícula. Sin embargo, a alguien así había que aferrarse siempre. Tenías que asumir riesgos y también, siendo realistas, proteger a la sociedad. Porque ¿de qué iba el amor, si no? De proteger a la sociedad de todas las locuras de las que sabías capaz a la persona que amabas. Desde luego, era muy posible que le hubieran pasado unas circulares encriptadas y las hubiera leído aleatoriamente o les hubiera echado un vistazo por encima, con un solo ojo abierto y cansado.

—¿No se darán cuenta de que no has hecho todo el papeleo? —dijo él—. «¡He aquí un cadáver sin los papeles en regla! ¿Se ha visto algo parecido?»

—Eres un caso. Además, de pronto te ha dado por poner un montón de reglas.

—¿Sí? —¿Por qué había pronunciado ese «sí» tan esperanzado?—. Aún te quiero, Lily.

—Como sigas por ese camino, voy a chasquear los dedos alrededor de tu cabeza —le advirtió ella.

Lily estaba saliendo del coche, apoyándose en el costado para mantener el equilibrio. Luego abrió la puerta trasera por el lado del copiloto, apartó el arenero y se sentó para ponerse los zapatos de payaso, que previamente se había quitado.

—Si no me los pongo, tengo la sensación de ir un poco de incógnito.

Habían llegado tal vez a una parte de la obra en la que los vestidos tenían peso. Finn llevaba su camiseta de ESTUVIMOS JUNTOS. HE OLVIDADO TODO LO DEMÁS, pero se había puesto un suéter grueso encima. También se bajó del coche para rodearlo y estar a su lado en la oscuridad, mientras ella se calzaba los zapatos. No había forma humana de detenerla, supuso. Y, desde luego, como ella misma lo había señalado, era él quien la había llevado hasta allí.

El frío era inmisericorde y agradable a un tiempo, y nevaba un poco —¿por qué estaba nevando en el sur?—, una nieve pausada, teatral, que en condiciones normales habría parecido pintoresca, pero ahora le infundía espanto, una vez más como en el tercer acto de *La Bohème*. Nunca llegaría un cuarto acto como es debido, o en todo caso los actos se fusionarían, más o menos, repitiéndose en una ópera completamente distinta: *Se nos han acabado los Rice Krispies*, una y otra vez.

—¡Echaré de menos tu energía imprevisible y aleatoria! —exclamó.

Ella se quedó mirándolo con un semblante desconectado que de pronto se desperezó y concentró.

—Y yo echaré de menos... tu empecinada ofuscación.

Su sonrisa era un borrón demacrado. Sus dientes, verde chartreuse. Sus manos y su cuello, un celofán que se oscurecía por momentos. Finn se dio cuenta ahora de que empezaba a tener de nuevo la cara de un ahogado, los ojos pasmados, los rizos de algas.

—Y te lo digo con amor —añadió ella.

La nieve caía pausada, un manto de silencio. Se adhería al pelo de ambos sin apenas derretirse, como confeti. No había música. Finn intentó no imaginar que cada copo era una de sus lágrimas, que, habiendo ascendido evaporadas desde el suelo, se habían reconstituido desdeñosamente en una nube fría para volver a caer y mofarse de él.

—No parece que esto vaya a terminar como un musical de Broadway —dijo.

—No. Nunca me gustaron tanto como a ti.

—Pero la canción del payaso... Es de un musical.

—Te lo repito, Finn: era una canción que cantábamos en el trabajo. En broma. Era una canción de trabajo jocosa.

El sitio en el que trabajaba era una pseudosecta de emprendedores teatrales, un cruce entre *La semilla del diablo* y la asociación benéfica March of Dimes. De la vocación a la ocupación. De la ocupación a la desgraciación. Abrió la palma de la mano y le enseñó una nariz roja de plástico.

—Mira lo que encontré. Alguien me la puso en el zapato. Quizá para que no me salieran ampollas. —Aunque estaba un poco aplastada, se la colocó de todos modos—. A los otros cadáveres les encantará. —Entonces le dirigió una mirada melancólica, o eso le pareció a él—. Dile a la gente que fui una persona divertida.

—No eras tan divertida.

—Ay, ten corazón.

—No me trago tus disparates, Lily. Cómo permitiste que toda esa tormenta que tenías en la cabeza te lloviera encima como el agua de una ducha... —Había mencionado la ducha sin querer—. Tienes que rechazar la muerte. Resistirte a ella...

—Voy a pedirte que vayas concluyendo esta charla. —Lily se puso de pie sin haberse anudado bien las agujetas de los zapatos y chasqueó los dedos alrededor de la cabeza de Finn. La energía del gesto lo sorprendió—. Ahora ven aquí y dame un beso de despedida.

Él no dijo nada. Todavía estaba recuperándose de los chasquidos de dedos. El cuerpo de Lily parecía ahora vestigial, la inscripción persistente de una idea, como los pezones de un hombre.

—Sí, bueno. Okey, entonces. Sabrás dónde encontrarme —dijo ella. Su cabeza señaló más o menos hacia arriba, al cielo, y luego más o menos hacia abajo, al suelo posesivo, antes de señalar a la derecha, también de manera incierta. Era un movimiento de cabeza que decía «ahí». Comenzó a caminar—. Supongo que a esto podríamos llamarlo crepúsculo —dijo—, aunque no tengo ni idea de la hora que es.

Finn pensó que estaban más cerca del amanecer.

Decidió seguirla, pero ella iba más deprisa.

—No vas a librarte tan fácilmente —gritó a su espalda—. ¡No puedes no completar tu vida! ¡Claro que hay sufrimiento y que todo es difícil! Claro que Dios es un pez gordo tan calladito que no se molestó en enseñarnos las últimas páginas del contrato de la vida. —Finn no estaba seguro de que lo dicho fuera mejor que «¡No puedo vivir sin ti y dejaré de intentarlo!», frase que también gritó.

Aquello casi la detuvo. Y de hecho dejó de caminar un momento.

—¿Dejarás de intentarlo? Vaya, pues sí que parece que has cambiado de opinión.

—No entendí realmente nuestro destino.

—¿No entendiste nuestro destino? —repitió ella un tanto burlona—. Pues conducías tú.

Y dale con quién conducía. Las interminables señales amarillas y las obras abandonadas en la carretera y la infinidad de camiones.

—¡No, no lo entendí! ¡No en el sentido real!

—¿Estás insinuando que no lo he pensado a fondo? ¿O que no lo has hecho *tú*? ¿Estás sugiriendo que no soy dueña de mi propia muerte?

—¿*Dueña*? ¿Como si tuvieras una escritura?

—Claro que sí. Tengo la escritura. —Ahora, extrañamente, parecía capaz de caminar bastante rápido—. ¡Me dirijo al hábitat natural de mi especie! —le gritó mientras se alejaba.

—¡Sí! —gritó él—. ¡Es hora de que vuelvas a tu bellísima guarida!

Le costaba seguir su ritmo. Quizá estaba ocurriendo lo mismo que siempre ocurría cuando salían a pasear juntos. Le volvieron algunos recuerdos reprimidos.

Pero no fue óbice para que le gritara:

—¡Solo piensas en ti y en tu dolor! ¡Todo tiene que rendirte pleitesía! Vas a enterrarte, ¡mira!, bajo la luna llena, con su cara de Buster Keaton. Bueno, casi llena. Han engalanado el cielo en tu honor.

El cielo se había despojado de su neblina láctea y parecía ahora repleto de géiseres, como si lo hubiera pintado Van Gogh. La autocompasión —repugnante y mezclada con ira— hervía en él.

—¿Por qué, Lily? ¿Por qué ahora? ¿Por qué has hecho todo esto? ¡Todo! Sabías que mi hermano... ¡que mi hermano se moría!

Y ahí empezó a atragantarse, pues pudo sentir que su hermano moría entonces, en ese mismo instante, justo cuando pronunciaba esas palabras. En su imaginación, vio la mirada de su hermano clavarse en él con dureza, pero también con bondad, y luego desaparecer. Pudo oír los últimos golpes del corazón de Max contra la dura puerta del tiempo. La Serie Mundial debía de haber terminado. Ahora ya no tenía a su hermano, aunque hacía apenas un minuto había insistido en que sí lo tenía.

Lily se volvió de nuevo; ¿era un gesto de compasión o de pena lo que había en su rostro? De pronto regresó a él, a medias flotando, a medias volando, su boca un tajo, su pelo un temporal, su piel un peltre pútrido. Le sujetó la cara con cuidado entre sus manos de paleta de jardinero.

—Mírame —le dijo—. La vida es muy pequeña. Es como una canariera. Una manchita en el aire.

—Esa es mi dirección actual —replicó él con rabia. Se le empañaron los ojos—. ¿Qué voy a hacer con todo el pollo...

—¿Qué?

—... empanizado?

Ella suspiró.

—¿No lo ves, Finn? En realidad no ves nada.

Nos rodea la muerte para que podamos aprender a aceptarla.

—¿Como la homeopatía?

—Quizá —dijo ella.

—Pero toda tu vocación, tu rollo como payaso..., ¡la idea era distraerse de la muerte! Era tu trabajo.

—Supongo que se me dio fatal. —Cerró los ojos un momento—. Pero eso ya lo sabías.

—Pues hay otra cosa que me gustaría saber. —Era consciente de que llevaba en el rostro su expresión de «abandonado en el altar». Ella lucía un gesto que decía: «Incluso en la muerte, ¿debo informar a tu deseo?».

—¿Qué? —Sus dientes parecían nueces diminutas.

—¿Es cara la vida en el más allá? A ver, ¿llegas al otro lado y descubres que nada es gratis? ¿Que te cobran por todo?

—Mierda —murmuró ella.

—Lo siento. Estoy un poco preocupado por mis finanzas.

—Escúchame —dijo ella con algo de ternura—. Todo saldrá bien.

En sus revoluciones personales, Lily era como un planeta que no rotaba, con una cara en permanente oscuridad y otra en permanente luz en la que el sol no se ponía nunca. Siempre había sido así. ¿Había entre las dos caras una línea, una dulce zona Ricitos de Oro? No, en esta narración

Ricitos de Oro era devorada por los osos y la zona era, todo lo más, una franja permanentemente posicional de esperanzas nacientes, que era también una franja de esperanzas ponientes permanentemente posicionales.

—¿Vas a dejarme aquí tirado? —preguntó él.

—¿Quieres dinero para la gasolina? —Ella enarcó las cejas y se soltó, dio un paso atrás, una figura y un rostro opalescentes. Sobre la nariz de payaso, sus ojos se ennegrecieron y se vaciaron, perdiendo la mirada de interés en beneficio de una tenebrosa determinación.

—Tengo celos del maldito lodo —dijo él—. Sé que esto ha terminado, pero no puedo dejarte marchar —añadió.

—Eso suena a canción, ¿no crees?

—Cómo no va a sonar a canción.

—No nos morimos de golpe. Hay fases.

—Eso he visto. Y no hacemos el duelo de golpe. Pero tampoco hay etapas, como pretenden. Es más bien una especie de sopa triste del día.

—Te estoy agradecida por el viaje. Y por tantas otras cosas.

—Palabras. —Finn trató de dar a su rostro una expresión de desdeñosa tranquilidad, pero sospechó que sus emociones se traslucían a pesar de todo.

—Bueno. Las he reunido y ahora te las doy.

—Me da miedo tu deserción. Tu autodeserción. Tu deserción de todas las cosas. —No le era sencillo convocar o representar un desprecio castigador. Entendió ahora que ella había tenido que volver a él, hacer una reaparición ante él, porque él era la única persona que habría creído realmente que era ella.

Al volverse, pareció retroceder. Su silueta estrecha, fluyente, moviéndose ligera de nuevo hacia los distintos tramos derribados de la valla. Su luz mental había empezado aquel día como un estroboscopio, desbocada y desorganizada, pero ahora estaba centrada y encaminada.

Por última vez giró sobre sí misma, despacio, para añadir, con la nariz roja puesta todavía y levantando un dedo:

—«*Gonna rap on your door*».

—¿Qué? ¡Has entendido mal el sentido de esa canción! —la regañó él, exegético. En lugar de música, tristeza y pérdida, percibió ahora la presencia de una disputa no zanjada—. ¡Solo tenía un hermano, Lily! ¡Me destrozaste la vida! ¡Mira! ¡Todo tiene que plegarse a tus necesidades! Vas a enterrarte a ti misma, claro. Y es una desgracia. ¡Pero el cielo ha acudido en tu ayuda y te ha servido una luna llena y otras luces de lujo para que lo hagas! —Estaba repitiéndose. Y quizá también mentía un poco: la luna no estaba llena del todo. Le pareció que ya estaba menguando. Faltaba plata en el disco de oro.

Entonces ella gritó con la voz ronca, en la noche:

—¡Finn! ¡Por el amor de Dios! ¡No seas imbécil!

Su grito iba cargado de pesar, pero también fue objetivo, y, como los clarinetes de unos cisnes con máscaras venecianas, tenía un *fade-out* con *reverb*. Le recordó a los discos de Pink Floyd de su juventud, unos discos que en realidad eran de Max y que lo dejaban hecho polvo cuando, por la tarde, después de la escuela, se echaba en la cama y los escuchaba sin pedirle permiso a su hermano. Había crecido con una alergia a los frutos secos, con dificultades en el habla y perdidamente enamorado de un maniquí de costura. Era inevitable que su vida terminara incluyendo esa escena demente. Cómo no iba a ser así. Por supuesto, la alergia a los frutos secos se hizo intermitente. El maniquí de costura, claro está, no tanto.

Los zapatos rojos de Lily brillaban en la maleza. Incluso su nariz reflejó un poco de luz lunar. El resto de su cuerpo era un remolino de papel blanco en un campo desierto y ventoso.

La había seguido, saltando la valla metálica caída, en la noche, pero ahora se detuvo. Ella estaba pasando por encima de otra valla. Parte de su bata de papel se enganchó a parte del alambre, pero tiró de ella con fuerza suficiente para soltarla. Se convirtió en un capullo de seda que se desvanecía en la distancia.

Él dio media vuelta y desfiló hacia el coche. Lo había invadido el sordo dolor vivo del día a día.

Volvió a saltar la valla hundida. Estaba agotado. ¿Qué sentido tenía nada? Eran tantas las cosas a las que se había aferrado, tantas las cosas que había necesitado que ella hiciera a lo largo de los años y que ella, sencillamente, no había sido capaz de hacer. Ahora ya no necesitaba nada. La muerte había coqueteado con la mente de Lily, luego había invadido todo su ser en una interminable sesión de deporte de riesgo por parejas, y sanseacabó.

Había ocasiones, desde luego, en las que no estaba fuera de lugar querer pegarse un tiro. A falta de pistola, siempre quedaba el socorrido apuñalarse el ojo.

—¡Para mí, como si estuvieras muerta! —gritó por encima del hombro, volviendo muy ligeramente la cabeza.

Si la hubiera girado más, la habría visto, en plena bioluminiscencia, brillando desde su inseducible falta de vida, tendida en el suelo, deslizándose bajo la tierra, para desaparecer en una ladera cerca de un cobertizo. Si hubiera girado la cabeza. Pero no iba a girarla. No lo haría. Pero entonces lo hizo. Y no vio nada.

Hermana mía:

Mi destino hoy es un prado de tréboles. No sabía qué hacer con monsieur y estaba preocupada. Pero la fortuna me sonrió y, como por arte de magia, un hombre de leyes llamado Míster Phinneus Bates me hizo una visita en una carreta tirada por un poni. Me hizo entrega de una tarjeta estampada, diciéndome que se había enterado de que había tenido a cierto huésped en la casa y que dicho huésped había muerto y que nadie había reclamado todavía su cadáver.

Fue como si el susodicho Míster Phinneus se creyera José de Arimatea. Y Arimatea, habida cuenta de que nadie sabe dónde se encuentra, y las Escrituras no lo indican, bien pudiera ser Chattanooga.

—Muy bien, señor, debo preguntarle dónde puede haber oído tal cosa. —En una taberna, supuse. Pero no de Turkeytail—. ¿Se lo ha dicho el sheriff?

—Los sheriffs tienen ayudantes y las noticias

vuelan, señora —respondió él—. Hay varias personas por aquí que creen saber quién podría ser ese muerto suyo.

Quizá Jack, el huésped, había sembrado él mismo los rumores. No sabía si tenía los ojos del mismo color que ese hombre que todos creen que era, pero tampoco sería un problema si podía cerrárselos con pegamento de huesos de cabra.

—¿Qué hará con él? Los federales hacen experimentos con cadáveres desde que terminó la guerra —dije—. ¿Para eso lo quiere? ¿Prácticas con cadáveres para poner a prueba la resistencia de una nuca a los impactos de bala mientras se ve una obra de teatro?

—No, señora.

Y fue entonces cuando supe que iba a limitarse a carretear a Jack por ferias del condado, espectáculos de magia y circos ambulantes.

—Bueno, en cierto modo yo misma soy una mujer serrada por la mitad —le dije.

Me imaginé que Jack iba a pasar el resto de la eternidad en compañía de la mujer enana, la mujer barbuda y la mujer de cuatro piernas. ¿Le parecerían bastantes mujeres?

—Es todo suyo. No me vendrá mal disponer de su habitación. Se lo daré por lo que me debe del alquiler.

—Bien, señora. Creo que tenemos un trato.

Le dije que, como hacían antaño, había untado el cadáver con miel y aceite de atanasia, y luego le había echado por encima un chorro de bourbon. Era un método de conservación. Omití que había tenido la tentación de encender un cerillo. Él me dijo que tenía una silla en la carreta, una mesa y algunas velas guardadas. También una pequeña botica en una gran bolsa de cuero.

—¿Por si le da el muermo o la diarrea? —pregunté yo. ¿Te acuerdas de que de niñas lo decíamos todo el rato? Intenté arrancarle una sonrisa.

Él se limitó a asentir. No se había quitado el sombrero, que es la razón principal de que no lo llame caballero. Y ¿sabes qué? Quería llevar a Jack de feria en feria, en la carreta. Bueno, supongo que pasearlo así será más higiénico para la tierra y cualquier hortaliza que crezca en ella.

—Una cosa —añadí—. No quiero ver a nadie por aquí reclamando sus derechos a una supuesta pensión. Este señor aseguraba recibir una pensión confederada y otra de la Unión. Aunque no sé de casi nadie que reciba una pensión de los confederados, por más que él se jactase de ello y me dijera que ingresaba todos los pagos en un banco de Montreal, si mal no recuerdo. El dinero pasaba bastante despacio por sus manos. Por lo menos, eso parecía.

—Envíemelos a mí. Soy abogado y puedo ocuparme de los negocios del finado. Mi dirección está en la tarjeta.

—Bueno, bien. —Me metí la tarjeta por dentro del cinturón—. Creo que todos seremos felices cuando veamos al buen soldado confederado desfilar de vuelta al hogar —dije, provocando un repentino silencio en mi interlocutor—. Pero me pregunto si podría regresar al final del día, hoy o mañana, después de la puesta de sol, para que podamos zanjar el asunto.

—Desde luego, señora. —Se tocó el sombrero. Luego añadió—: Solo le pido que no lo presente como cristiano. Porque no lo era.

Y así, querida hermana, Míster Phinneus Bates se presentó esa misma noche y le entregué el cadáver a cambio del alquiler impagado. Subió al cuarto conmigo y con Ofelia. Yo había envuelto al apuesto e interfecto huésped en una sábana, intentando no fijarme demasiado en el muñón de carnero que era su pierna amputada, y luego lo había enrollado en una alfombra ovalada, un artículo que me apenó perder. Había metido además su prótesis de corcho y madera, así como las cintas de cuero, antes de enrollarlo. Priscilla salió un momento de su cuarto, preguntando desesperada por el horario de comidas del día siguiente, pero la espanté poniendo una mueca. No me quedó más remedio. «Hay fideos y verduras en abundancia. Ya me inventaré algo. No tiene por qué preocuparse», la reprendí. No podía permitirme más meteduras de pata.

—Ay, lo siento en el alma, señorita Libby —dijo ella, y cerró su puerta hasta la mañana siguiente.

Así pues, lo bajamos entre los dos. Notaba la dura pierna de mentira en el costado. Había pegado los ojos obcecados (en todos los sentidos) de Míster Jack, pero tampoco habría sido necesario, porque Míster Phinneus no se tomó la molestia de desenrollar la alfombra y encender una luz para estudiar el rostro y confirmar así su identidad. Solo pensaba en su espectáculo itinerante, y podría manipular la cara, supuse, para amoldarla al aspecto de un asesino. Tampoco es que nadie lo supiera realmente. Dios nos depara sorpresas sin cesar.

O quizá Míster Phinneus solo quería darse un paseo con el cuerpo. Pero antes se lo llevaría directamente a un embalsamador que supiera hacer momias. O eso fue más o menos lo que me insinuó. Se quedó un momento junto a la carreta, limpiándose las manos en los pantalones.

—Tiene un baúl lleno de calzas. ¿No querría quedarse con su baúl lleno de calzas? —le pregunté.

—No, señora. Desde luego que no —respondió él.

—Tenía varios jubones y unas espadas muy bonitas, todavía en sus vainas.

En una semana, lo cortaría todo sirviéndome de las espadas y, con los jirones, trenzaría una alfombra como la que estaba perdiendo.

—No, gracias.

Vi que en la carreta tenía un ataúd Fisk and Raymond. O eso me pareció a la luz de la noche.

—Un sarcófago de verdad —dije señalándolo con la cabeza.

—Conserva muy bien los restos —dijo él, una idea que ambos teníamos en la cabeza, y fue entonces cuando me convencí de que emplearía al señor Jack para hacerse una momia y llevársela de gira. Lo metería en el ataúd más adelante, cuando tuviera más mano de obra a su servicio.

»Respetaré sus restos —dijo.

—Le aseguro que me da igual. —Y entonces me dio un ataque de tos. Y cuando me recobré, añadí—: No, en realidad me alegro. Haga lo que pueda.

—Después de que disparasen a ese pelirrojo en el secadero de tabaco hace años, corrió el rumor de que había logrado escapar a la India. Pero estoy seguro de que andaba por estos lares. Como Jesse James.

—Jesse James —me burlé, pero recuperé el tono enseguida, porque recordé de pronto que el señor James había sido huésped de esta casa, hace un par de años, aunque olvidó firmar en el libro de visitas—. En fin, sí. Siempre se oyen noticias escandalosas y aterradoras.

En momentos así, a menudo tengo la impresión de que cae un telón cada vez más romántico sobre la guerra. Me llega la vibración de los múltiples mundos que hay delante y detrás de ese telón, dentro y fuera, que se entrecruzan sin entrecruzarse de verdad.

—Tengo un par de mocasines de Kit Carson y una de sus botas —añadió—. También un brazo de Stonewall Jackson.

—Un negocio redondo —dije yo, aunque temí que hubiera sonado como «orondo».

Después de cubrir el asiento trasero de la carreta con una lona, se volvió hacia mí y finalmente se quitó el sombrero durante una décima de minuto. El poni embridado, delante, mecía la cabeza. Estaba a punto de emprender un largo viaje de carrusel con un cadáver, en cierto modo una tradición por estos lares, me temo. En parte teatro de guiñol, en parte tienda médica, en parte parada militar. Además del calzado famoso y ese miembro extraviado. Quizá un poco de raspado con un waffle. Vaticino un triste final en un campamento de vagabundos.

—Gracias de todo corazón, señora. —Se sacó un poco de dinero de un monedero hecho con escroto de caballo para pagarme—. Estoy en deuda.

Me quedé mirándolo.

—No me dé las gracias. Es un negocio —dije tomando el dinero, y él asintió, volvió a ponerse el sombrero y partió en la misma dirección que los mineros y las chicas de vida alegre, los forajidos confederados y la marrana.

Cuando entré en casa me encontré a Ofelia.

—Bien, señorita Ofelia. Supongo que asunto resuelto —dije.

—Asunto resuelto, seguro —dijo ella, negando

con la cabeza mientras se secaba las manos con el delantal de cuadros verdes.

Su atrevimiento parecía volver a tomar lugar. Como se le veía más derecha, yo también me puse derecha. Negó con la cabeza como si quisiera apartarse el pelo de los ojos y lo ocurrido de la mente. Nunca volvimos a hablar del asunto.

El pastor vendrá a verme la semana que viene, creo, y me sentará bien pasar un rato con alguien que no esté irritado. Ya echo de menos ese jueguecito de salón suyo con el que da consuelo intermitente. Ahora mismo, mi secreto para la vida —acostarme cada noche con un par de cosas que hacer al día siguiente que le sean útiles al mundo— necesita un pequeño arreglo. Tengo que estar pegada a alguna divinidad, para contagiarme un poco de ella sin darla por supuesta.

Me pregunto a menudo a qué se debió ese odio tan antiguo que surgió fugazmente entre nosotras. Pensé que sería un accidente que no superaríamos. Fue un descaro al que se respondió con envidia y censura. Provocó un encogimiento y una dislocación, y pronto se nos torcieron los tobillos y, luego, las miradas. ¿Fue la guerra? Nos gustaría decir que no tiene peso, pero el peso encuentra nuevas formas de seguir moviéndose, como un río serpenteante.

Si supiera cantar, tú serías la canción. Pero nunca se me dio bien cantar. Y tampoco me sé muchas canciones. Por supuesto, me sé las de la

iglesia. Cariño, Jesús me cae simpático, sincera-
mente. Lo que pasa es que no me gusta ninguna de
las canciones que le han dedicado. Tampoco su
mezquina y mentirosa bola de cristal cuando dijo:
«Siempre tendremos a los pobres con nosotros»,
porque hay muchísimos pobres que han desaparecido sin dejar rastro.

Te tengo en mi pensamiento a todas horas. En
las noches en las que el viento amaina oigo tu voz,
lo juro por Dios.

Tu hermana, que te quiere,

Eliz

P. D. Usé tus cenizas este pasado mes de enero
en la escalera de la entrada, que estaba cubierta de
escarcha, para que los huéspedes pudieran pasar
sin peligro. Tuve la seguridad de que no te importaría que te diera un buen uso.

En la habitación de hotel en el NoMad en que se alojaba Finn, el minibar zumbaba y brillaba azul como el cubito de hielo eléctrico de Dios. Abajo, en la calle, desfilaban pequeños grupos de personas. Habían pasado dos días desde las elecciones y un grupo se manifestaba coreando: «Por favor, rechacen a nuestro presidente». Media hora más tarde, un grupo aparentemente distinto desfiló en sentido contrario, coreando y portando carteles en los que se leía: POR FAVOR, RESPETEN A NUESTRO PRESIDENTE. Podría haber sido perfectamente el mismo grupo, pero desde su atalaya en la octava planta pudo apreciar ciertas diferencias: el grupo que lo rechazaba era más joven en líneas generales. Y el grupo que lo respetaba contenía mucha gente pintada de rojo, blanco y azul, y un chico alto, con el pelo como una mazorca, empujaba una silla de ruedas en la que iba derrumbado un hombre de aspecto momificado y pelo oscuro que llevaba una vieja levita negra, con chaleco, una corbata y unas botas de cuero que le llegaban a medio muslo, aunque, por supuesto, como iba sentado, parecía más bien que un caballo lo hubiera descabalgado y hubiera aterrizado allí en vez de tener planes de montarse en uno. Tenía una manta de lana roja echada en diagonal sobre el regazo; encima llevaba una pistola con la curvatura de una Derringer, que acariciaba como a un perrito faldero.

Esta vez, como había volado a Nueva York, Finn no tenía su coche. Su cepillo de dientes eléctrico se había encendido accidentalmente y había vibrado en su maleta de cabina durante todo el vuelo; había pensado que al avión le pasaba algo. Cuando viajaba, a veces aplazaba el proyecto de poner a prueba su salud mental comprobando si el *New York Times* publicaba sus respuestas en la página web. Tenía otros métodos para adivinar cómo estaba. Adivinarlo, por ejemplo.

El día anterior, después de localizarlo, había ido al crematorio de Max y había visto cómo incineraban a otra persona porque incluso para eso, con Max, había llegado demasiado tarde. Así que rindió tributo a un vagabundo en una bolsa para cadáveres cuyos únicos parientes eran dos sobrinas de Maine. No había nadie que pudiera dar fe, así que Finn se presentó voluntario. El funcionario municipal lo autorizó. Después del rápido chirrido que acompañó la apertura del cierre, metieron al hombre directamente en la incineradora. Finn se quedó plantado entre el funcionario y el director del crematorio, a unos tres metros del horno, y dijo «Amén» una y otra vez, mientras oía el crepitar del cuerpo al calentarse, y luego cómo se movía, caía y estallaba. El director grabó la primera media hora con su celular, aunque en realidad solo estaba grabando una compuerta cerrada y caliente.

Hoy era el funeral de Max. ¿Lo celebraban en Saint Barnabas, en Saint Gabriel o en Saint Dominic? Tenía la dirección del Bronx para encontrar la pequeña iglesia donde iban a oficiarlo. La ceremonia era a las once. A media mañana bajó a la calle y paró un taxi. Los desfiles, en gran medida, habían evitado la hora pico y había poco tráfico, aunque los grupos que coreaban consignas podían aparecer de pronto en la acera, como niños pidiendo caramelos en Halloween, y luego cruzar la calle. Nunca había entendido esa ciudad, aunque había vivido en ella un tiempo. Ahora, los edificios más altos que había visto en su vida tapaban la preciosa luz romana que antaño también había honrado a Nueva York. «Vaya por FDR, ¿ok?», dijo. Porque si podía llegar al East Side, cerca del agua, por la mañana, el mundo, por un instante, le parecería resiliente y ajeno a todos los dramas humanos que lo estaban matando. Y mientras contemplase la fuerza opaca y terca del río, intentaría no pensar demasiado en lo mucho que había aguantado Max, en que había parecido, según le dijeron los empleados del centro de cuidados paliativos, que Max esperaba a alguien.

El cura sabía que su hermano y la familia de su hermano no eran católicos, pero la esposa de Max lo había organizado, y para eso estaban los pastores y los curas: para el cuidado de las familias como objetos frágiles mientras avanzaban por un camino de cosas insondables. El gran *adieu*. Finn daba gracias por el buen hacer profesional. Gracias por un cura dominico, amable y sonriente, que sabía hablar inglés y que supo guiarlos por ese cenagal de horas. Los bancos eran de roble, sin guarnecer. Finn no se arrodilló en el banco. Intentaba no distraerse durante las lecturas y los himnos, pero la concentración iba y venía. La ceremonia no parecía guardar relación alguna con la historia de la vida de su hermano. Supuso que estas cosas eran gestos espirituales para el yo y, en la medida en que servían para acompañar a las viudas y los hijos, ¿quién era nadie para juzgar ese teatro de guiñol moral? ¿Podía alguien saber realmente cómo era la historia de una vida humana? Había muchísimos relatos en liza, relatos que se entrecruzaban, a veces discurrían en paralelo y a veces lo destruían todo. Permaneció en el banco mientras las observaciones sobre la vida y la muerte se arremolinaban en torno a él. En la lucha de la vida con la muerte había gran sufrimiento y en la muerte, un diabólico desaparecer. Sufrir y luego desaparecer. Sufrir y luego desaparecer. ¿Entendía todo el mundo que era a eso a lo que se había apuntado, o en realidad no solo apuntado, en absoluto, sino sobre todo alistado? La vida era servir de soldado y persistir. La muerte era desaparecer. La muerte, evidentemente, disponía del golpe de gracia. Tenía la capa negra, la letra pequeña y los trucos de magia. La vida estaba estancada en la basura que vendían en el economato militar de la esquina.

Se siguieron leyendo fragmentos de las Escrituras sin venir a cuento. Se sucedieron más salmos musicalizados. Cierta idea de Max se hallaba en el ojo de ese huracán: en el centro frío como la piedra de ese remolino de aire.

Pero entonces los compañeros de trabajo de Max dieron un paso al frente y empezaron a hablar. Los colegas de la oficina de vivienda estatal. Todos lo habían admirado. Quizá incluso lo habían querido. Los había ayudado a resolver sus problemas. No era reservado con su trabajo, sino que lo compartía con los demás. No se quedaba callado, como muchos de sus colegas. Elevaba la voz para defender a sus compañeros y a otras personas. Ahora ellos se levantarían ante los presentes y tomarían la palabra en su nombre.

Y en segundos se llenó la sala, formando el perfil completo de Max. Fue como si hubiera sido creado de nuevo a partir de los testimonios y los cánticos sacros para acompañarlo en la transición, de modo que entre todos lo conjuraron y apareció silenciosamente, una silueta de luz viviente que los acompañaba. Las historias que había compartido con Max se le susurraban a Finn.

—Recuerdo mi primera masturbación coronada por el éxito.

—¿En qué consiste el éxito?

—Ya lo sabes. Terminas. Y expulsas una cosa sorprendente.

—Oh, pensaba que te referías a conseguir que la chica con la que fantaseabas se materializara realmente en tu cuarto. Eso sería una masturbación coronada por el éxito.

—No —dijo Max—. Eso es *Star Trek*.

Convocado por un asentimiento de cabeza de un cura que no dejó de sonreír ni un instante con un gesto amable, divino, de as en la manga, Finn se levantó mecánicamente y anduvo al ábside. Se aclaró la garganta como si estuviera en una obra de teatro escolar. Por lo menos no había PowerPoint. Desde el altar del santuario leyó un salmo cualquiera que le sonó a grito de batalla que no consolaba. Sin embargo, el hacer algo, cualquier cosa, de naturaleza ceremonial lo serenó ligeramente.

Entonces Finn cerró el santo libro. Y habló de la fraternidad, de sus defectos y de sus ternuras. Habló de cómo a Max lo habían condenado al ostracismo en la escuela, de las mofas y empujones que había recibido de niño, y de que él, tres años menor, lo había observado todo desde un rincón apartado de un pasillo o del patio, asustado y avergonzado, fingiendo que no conocía a su hermano de nada. Finn, un cobarde, agachaba la mirada, retrocedía, le dio la espalda a Max un sinfín de veces. ¿Quizá para ahorrarle la humillación de saber que su hermano pequeño lo veía todo? No, el motivo era su pusilánime vulnerabilidad, la vergonzosa vergüenza. Era indigno de mil maneras distintas de su hermano Max y de su bellísimo estoicismo. El sistema de gestión de una vida tranquila que Max había diseñado no era patentable. Su devoción por la gran empresa del vivir incluso cuando la vida ni siquiera era capaz de darle la mitad de lo que esperaba de ella. Su negativa a quejarse. Sus estallidos de compasión por los demás cuando debería haberse guardado, y podría haberlo hecho, todas sus reservas de compasión para él. Max sufría de una forma terrible, pero también tranquila, dotada de un conocimiento sofisticado. Era un hermano precioso y, si bien había muchísimas cosas que ambos tendrían que haberse dicho pero no se dijeron, que deberían haber hecho pero no hicieron, se trataba de algo que probablemente le ocurría a todo el mundo. No había acompañado a Max en su lecho de muerte. Y sin embargo, en cierto modo, sentía que sí lo había acompañado. Había sentido el tránsito de Max en el mismo instante en que se había producido. La fusión mental entre hermanos los había mantenido conectados. A veces, cuando alguien moría, era la desaparición lo más difícil de sobrellevar. Pero Max no había desaparecido en realidad. Eso sería imposible. Finn empezó a arrastrar levemente las palabras, como si estuviera borracho, o fuera sordo, o tuviera un infarto cerebral leve. Miró a la congregación y vio algunas caras preocupadas. Supo entonces que todo el mundo sin excepción creía que había perdido el juicio.

Más tarde, en el restaurante donde se celebraba la recepción, los asistentes picaban pollo desmenuzado y alubias a la vinagreta, y se sentaron con el plato en las piernas cuando la mesa quedó llena y el encargado fue a buscar más sillas. Los compañeros de Max de la oficina estatal se le acercaron y una vez más elogiaron a su hermano. Tanto William de las doce emes como Jonathan de las doce enes se le acercaron, y Jonathan dijo que, al final, le pareció que Max esperaba a alguien y que, seguramente, era a Finn a quien esperaba porque lo quería muchísimo, a Finn, su único hermano. Jonathan quiso trasladarle un dulce consuelo con esas palabras, pero se le clavaron en los oídos como agujas de tejer.

Aun así, Finn fue educado y expresó gratitud. Les daría más cheques para que los rubricaran con sus firmas de agente secreto. La tarde se le hizo eterna y Finn pensó que afuera el sol ya debía de ponerse. Abrazó a la viuda, Maureen, que era su cuñada y había dejado de desagradarle.

—Voy a comprar la mejor ouija que encuentre —dijo ella.

—Perfecto —dijo él. Pero Finn se iría con su

pena a otra parte y la consumiría en el mundo hasta que no quedara de ella más que un débil eco de hojalata.

Empezó a marcharse del restaurante. El cura y el monaguillo seguían allí, tal vez esperando a que les pagaran. Eso se lo había dejado a Maureen. Salió a la calle, si no para irse del todo, por lo menos para airearse.

Sabía que a los filósofos les gustaba preguntarse por qué existía algo en vez de nada. Pero la muerte provocaba que te hicieras otra pregunta: ¿por qué, en lugar de algo, no hay nada ahora?

El hijastro de Max, Dee, salió a toda prisa y se le unió.

—Tío Finn, ¡vuelve adentro! ¡Max está aquí!

—¿Está aquí?

—¡Más o menos aquí! Podrás sentirlo —dijo Dee—. Lo sabrás.

En efecto, tal y como lo había sentido por un instante durante la ceremonia, el dibujo en negativo que se había creado fruto de las expresiones de afecto, las historias, los sentimientos, los pensamientos y la presencia de gente sorprendentemente cariñosa, todos los elogios y las anécdotas que habían dado forma a Max en la iglesia, los había acompañado también a la recepción. Dentro del restaurante, los recuerdos tributados habían conjurado una vez más a su hermano como un poderoso vacío que, en vilo, los contemplaba desde arriba, cerca de la extravagante araña del techo.

Algunos de los presentes habían apartado mesas y sillas a un lado y se habían puesto a bailar, señalando el techo en un gesto que era, al mismo tiempo, paso de baile e indicación sagrada. Un DJ espontáneo ponía las canciones que Max había pedido: las canciones de su funeral serían las mismas que había elegido para su boda. *Don't Make Me Over, Give My Regards to Broadway, Never Can Say Goodbye, Monster Mash*. A Max le gustaba un poco de variedad, en la capilla, en la pista de baile, en la urna. No había querido Ningún Simbolismo No Deseado, una última voluntad que una vez se había hecho estampar en una camiseta. También le gustaban las tazas con mensaje; su favorita era una que decía: TODO ES MENTIRA MÁS O MENOS. Maureen había encargado muchas para regalárselas a los invitados.

La música estaba muy alta e impedía conversar sobre las presidenciales. El restaurante había retirado de las paredes sus paisajes habituales de Sicilia y Trinidad, y permitió que colgaran un millón de fotos de Max. Finn fue pasando por delante de ellas con su sobrina de tres años, diciéndole «¡Mira, papá!», hasta que una de las hermanas de Maureen llegó y se llevó a la niña. Finn volvió a sentarse y bailó un poco en la silla, absurdamente, en la periferia del salón. Luego se quedó quieto. Nadie lo jaló para llevarlo al espacio que habían despejado para bailar, algo que agradeció. Con otros invitados, se meció en la silla cuando sonó

They Can't Take That Away From Me, en todas sus versiones, porque había muchísimas. «*You hold your knife... You changed my life.*»

—¿Se había fijado en la cantidad de versiones que hay de esta canción? —dijo la mujer que se sentaba a su lado.

—Sí —dijo Finn.

Se puso de pie y se acercó a Maureen, que parecía a la deriva. Ni siquiera le propuso bailar juntos. La tomó de la mano y ella lo siguió. Trató de moverse con la actitud festiva de los demás, una vibra discoteca que al parecer tenía la finalidad de burlarse de la muerte y celebrar la vida, dando pasos como si patinara, lanzando luego los puños al aire y sacando los hombros con el resto del grupo. El millón de fotos de Max lo miraban con un gesto de leve incredulidad. Finn tomó la mano de Maureen y se la llevó al hombro, luego le pasó el brazo por la cintura y atrajo todo su cuerpo. No quedaba ni una sola de las personas a las que había querido. Y al sentir su ausencia, sintió también que su propia persona era deshuesada, lustrada y acariciada antes de recibir un empujón para arrojarla por un precipicio. Bailaba pero se agarraba, poniendo todo su ser en no pisar los pies de Maureen y en no hundir la cara en su pelo castaño e inodoro.

A su regreso al hotel en el NoMad, esperó solo en la zona de ascensores hasta que llegó uno que lo subiera a su habitación. Pensó que podía ir a la coctelería a tomarse un whisky, pero al final se decantó por el minibar. Se arrastraba con una descomunal acumulación de fatiga, y supo que, cuando llegara arriba y se metiera en la cama, se dormiría enseguida. Pasó un minuto y la luz sobre la puerta del ascensor se puso en verde y anunció su apertura con un solo toque de campana. Entró como se entra siempre en estos sitios, como si fueran un purgatorio: con la mente huérfana, con la mirada desconectada; las manos hundidas en los bolsillos de los pantalones. Se volvió hacia la puerta, abierta todavía, de la caja, pulsó el botón de su piso y dejó que su mirada se posara en el otro extremo del vestíbulo mientras esperaba a que el ascensor se cerrara y empezara a moverse. En adelante, el amor tal vez le parecería absurdo, como una obra de teatro a la que había ido de niño. Se desplazaría por la vida y procuraría pensar en la gente en términos amables, pero sin ninguna especificidad que pudiera repugnarle. Buscaría ahora una paciencia consoladora en la quietud y en el reluciente metal que revestía ese mismo ascensor, los botones de sus doce paradas, todos ellos circundados de una luz lunar con un zodiaco de braille debajo de cada número. Esa era la traducción que debería haber recibido en cada una de sus miradas perplejas a las estrellas.

Cansado, tomó aire varias veces. Al otro lado del pasillo, en la zona de ascensores opuesta, una mujer entró en uno de ellos. Se giró esperando a que se cerraran las puertas, encarándose hacia fuera como él. Ambos se miraron inmóviles.

Era Lily, esperando también como ocurre en los ascensores, como si fueran un purgatorio. Ella lo vio y se le iluminó el rostro. Su boca se abrió en un mordisco destellante y trémulo de aire, que sin duda debía de ser una sonrisa. Toda la punzante familiaridad de Lily se recompuso y Finn sintió una emoción incapacitante en la cabeza. Sus manos salieron volando de sus bolsillos. Sus dedos buscaron el botón para mantener abiertas las puertas y lo golpearon frenéticamente.

Era demasiado tarde. Las puertas se cerraron, deslizándose a izquierda y derecha simultáneamente, y el suelo bajo sus pies comenzó su ascenso, haciendo fuerza contra sus zapatos.

Durante el otoño, el invierno y la primavera se sucedieron múltiples cambios de sentido postreros como ese. Primero fue la Serie Mundial, cuando un retraso motivado por la lluvia cortó la racha de Cleveland y le sirvió el título en bandeja a Chicago. Luego, las presidenciales, cuando la candidata con más votos perdió la elección, una estafa en cierto modo perfectamente legal que ni siquiera no acostarse en toda la noche —la una, las dos de la madrugada— pudo enmendar. Luego, el Super Bowl, cuando Atlanta, con el marcador más favorable al descanso de cualquier equipo que hubiera perdido la final, fue y perdió la final en el segundo tiempo. Más tarde, el Oscar a la Mejor Película se concedió sin querer a una película que no era.

Por Acción de Gracias, Finn había comprado un pavo de enormes pechugas al que le habían embutido las entrañas por la garganta como si fuera una víctima de la mafia, luego lo dejó en el congelador hasta Pascua, cuando lo caramelizó hasta que la piel se convirtió en una capa de tofe y pudo arrancársela y comérsela como un caramelo masticable.

La escuela le había pedido que se reincorporase al curso siguiente, y Finn dijo que estaba bien, pero no dio nada por hecho.

La insistente realidad era un hábito que embotaba los sentidos y era preciso combatir.

Le pareció que tal vez escuchaba demasiadas veces y demasiado rato la voz de Lily en el contestador. «¿Hace un clima agradable donde estás? Me pregunto si quedan hojas en los árboles.»

Algunas noches, cuando soñaba, Lily se le aparecía de esa manera tan suya, metamórfica como una fata morgana: hablaban y les iba bien, caminaban y cantaban. Siempre se ponía contento porque siempre era agradable verla. No había ningún desarreglo en su rostro. La alegría —que ahora no era más que una opinión, y a todo el mundo se le permitía tener una— lo atacaba de esa forma, siempre con la mira desviada y a destiempo, pasándole por debajo o por encima en su disparo, quedándose corta o fallando por mucho, excesivamente pronto, excesivamente tarde, excesiva. Cuando rememoraba quién había sido de joven, no veía en el recuerdo a nadie que conociera o que fuera un ser pleno y real, posiblemente porque en aquel tiempo no se había observado a sí mismo con detenimiento. Desde luego, conservaba fotografías de él y Max con sus padres, pero todas ellas mentían.

A veces, cuando soñaba, salían a cenar juntos y ella la tomaba con la comida que había pedido.

—¿Por qué has pedido eso? —le preguntaba él.

—Había olvidado qué eran los *tortellini* —podía responderle ella.

Ya no sentía la necesidad diaria de oír la voz de Lily en el contestador («¿Hace un tiempo agradable donde estás? Me pregunto si quedan hojas en los árboles») y, transcurridos treinta días sin que él pusiera el mensaje, la compañía telefónica se lo arrebató para siempre. «Ay, Dios», dijo al descubrirlo. Sacudió el celular como si fuera una cajita en la que ya no quedaban caramelos. Luego se lo guardó en el bolsillo del saco, en el bolsillo interior, cerca del corazón. Podía sentir en el aire las ondas de radio de su voz: ¿era la humanidad tan estúpida como para no ser capaz de imaginar que el mundo de los espíritus aprendería naturalmente a apoderarse de nuestras antenas, nuestras parabólicas y nuestras torres de telefonía?

Nacías, pensó, con todas las emociones ya dentro. Con el tiempo experimentarías cada una de ellas. Irían girando en carrusel de una en una, manifestándose por primera o centésima vez, y luego se apagarían y girarían un diente, esperando a que las volvieran a convocar para otro acontecimiento u ocasión.

¿Le pedíamos demasiado a la vida o no le pedíamos suficiente? Los muertos debían de tener la respuesta.

—Ni idea —le decía ella en sus sueños, sobre las vías del tren o en prados ondulantes. La mayoría de sus sueños tenían campos de algodoncillo o de mimosa de pradera. Salvo aquellos en los que salían pasillos o vías de tren, reubicados para dar rienda suelta a preguntas que durante el día habían planeado y luego se habían replegado—. Podrían ser las dos cosas.

Ordenó y limpió el coche, y cuando salía a dar una vuelta el olor de estiércol de primavera en los campos de las fincas le llegaba flotando y cálido. Más lejos, cuando conducía a lo largo de kilómetros de sembrados de colza, con su amarillo brillante e interminable, no se sentía encerrado entre un sinfín de hectáreas de la industria agrícola, sino como si estuviera entrando en una tierra sorprendentemente nueva y dorada.

Vio a un pájaro cantor batir las alas y perderse en el cielo, y de algún modo supo que era Lily y entendió que los días en los que la veía como siempre la había visto habían terminado por fin. Todos sus ingredientes, y su ensambladura, y su trabazón, se habían desligado, retirado y desaparecido.

Aun así, a veces tenía la sensación de que Lily y él se habían rencarnado orgánicamente juntos a lo largo de la gran línea del tiempo. Como ella había partido antes que él, el problema consistía simplemente en que le tocaría esperar demasiado para unirse con ella en la otra vida, lo que le provocaba tempestades y desvelos íntimos sobre posibles márgenes de error. Quizá ambos habían vivido en espacios equidistantes entre el anhelo infantil y un sentimentalismo cansado, entre la estática amoral y la amarga apatía. Cada cierto tiempo se sentía caer en picada. Su vieja vida parecía un remolino de humo en un tarro. Vio que abandonar toda preocupación por las cosas era la llave tanto para vivir como para morir. También lo era preocuparse por algo.

Sabía, por el Libro de Job, que maldecir desoladamente a Dios significaba que todavía tenías fe y, en consecuencia, se traducía en un Dios que se regodeaba. Así que decidió dejarlo pasar. También sabía, por los celos expresados en el primerísimo mandamiento, que había otros dioses que uno podía investigar, así que quizá se decidiera a hacer eso precisamente. Sabía que si eras demasiado crítico con la religión, quizá formabas parte de una. De momento no tenía buenos fármacos ni una filosofía de trabajo: el silencio, retirarse, bajar la cabeza, levantar la cabeza. Los paseos en coche por los campos brillantes. Las caminatas alrededor de los estanques. El dulce olor a orina de los tilos. Alcanzaría la felicidad para morir. También alcanzaría la felicidad para vivir. De esta forma, no volvería a ser infeliz nunca más. A veces esperaba poder decirle a alguien: «¡Imbécil engreído!», porque le daría un buen *shot* de energía decirle eso a alguien, a cualquiera, pero nunca se le presentaba la oportunidad. Leía con impasible asombro el legajo de cartas encuadernadas en piel que se había llevado de la posada en Tyler. Compró un sobre acolchado para devolvérselo a la posadera, pero luego siempre se le olvidaba hacerlo.

Se sometía a pequeñas pruebas y trató de amar a otras mujeres, pero no lo consiguió. Se sentaba delante de ellas en los restaurantes, y asentía y sonreía. El pimentón podía estar espolvoreado cautivadoramente, como si fuera polen, sobre un lomo de bacalao o sobre la ensalada de papa. El vapor de la sopa podía humedecer su cara como el rocío. «Sé alegre, con un corazón radiante —se aconsejaba a sí mismo—. La luz del corazón ilumina la letra pequeña.» Pero nada impedía que su mente siguiera divagando. Era como un chochín en un tejado que, creyendo que toda la casa es suya, sale volando un momento y luego no es capaz de encontrar el camino de vuelta. Los catetos y las hipotenusas de todos los tejados parecían idénticos a casi todas las distancias.

También era como un castor al que mataba el mismo árbol que había estado royendo.

Todo anhelo y todo gritar en la oscuridad los había barrido a fin de poder atravesar los días como quien salta de piedra en piedra.

Cuando miraba a otras parejas, no entendía cómo conseguían soportarse. Imaginaba que era una simple cuestión de costumbre. Se habían cocinado el uno al otro. Uno era la rana y el otro era el agua calentada. Aun así, los envidiaba un poco. Su amor en macetitas.

Los mejores, parecía, estaban todos al otro lado. Quizá debería darse prisa en ir allí, antes de que llegara el club de lectura de Lily. La otra vida sería una catástrofe en cuanto aterrizaran allí esas taradas de mierda.

En otra época había venerado las vidas de los santos: puras, en movimiento. Sufrían cuando otros sufrían. Buscaban el sufrimiento de los demás. Nadie debía sufrir solo. Pero ahora todo le parecía paródico, corrompido por la sátira de un mimo. Cuando la March of Dimes le envió su ruego postal, arrancó la moneda solidaria que estaba enganchada al tríptico y se la metió en el bolsillo. Los papeles los tiró a la basura. Aun así, hizo de voluntario en un centro de cuidados paliativos de la zona, donde sostenía la mano a los moribundos. Día tras día, Finn colocaba una de sus manos en una de las suyas. Rodeaba sus muñecas con un leve apretón de mano y buscaba su pulso. Acariciaba sus brazos.

Tarareaba cualquier canción que brotara en su cabeza como la hierbabuena en la maleza.

En casa, sentado a su escritorio, surfeaba la red con una tabla alfanumérica polvorienta cuyos circuitos encallaban a menudo. Rechazaba todas las *cookies*. Borró a Melvin H. de Ohio. Constantemente tenía que verificar en internet que no era un robot. Le pedían que identificara semáforos, taxis, escaparates, pasos de peatones. Confirma tu humanidad, era la petición. Muestra tu discernimiento, tu desencanto, las ecuaciones diferenciales de tu persona, las misteriosas coordenadas de tu alma turbulenta. ¿Por qué late tan inestable el disco duro de tu pecho? ¿Por qué sigues aquí mirando? *Hashtag*: JesúsArréglalo. *Hashtag*: TomaElTimón. Danos tu llave y te dejaremos entrar. Cambió todas sus contraseñas por «Lily?» con una docena de interrogantes; reforzados con una onza generosa de hierba. Memoria. Pasaje. Nada en el mundo realmente terminaba.

AGRADECIMIENTOS

Quiero dar las gracias a la Universidad Vanderbilt, al Cullman Center de la Biblioteca Pública de Nueva York y a la Asociación de Escritores Daneses por su apoyo. Como siempre, hago extensiva mi gratitud a Melanie Jackson y Victoria Wilson.